马克 著

风吹麦浪

民族出版社

马克　又名马建忠，回族，1982年入伍，服役于北京卫戍区，现在北京市某政法单位工作，系中国作家协会会员、北京作家协会会员。

20世纪80年代初开始发表文学作品，主要从事诗歌、小说、散文、歌词和报告文学创作，作品曾获武警部队首届文艺奖以及《人民日报》《民族文学》《大公报》等报刊征文奖。作品入选《红色记忆》《新时期中国少数民族文学作品选集》《中国回族文学通史》《中国当代公安诗选》等选本，并被翻译成蒙古文、维吾尔文、藏文、朝鲜文等少数民族文字出版。著有诗集《在北方》《独白》《光荣与梦想》《边缘地带》《往事如云》和散文集《如歌的唱卖》等。

让阳光渗透所有的语言

白庚胜

在中国革命史的进程中，每一个时期都为当代文学创作提供了广阔的艺术表现空间，许多作家、诗人为之写下了不少佳作。马克的诗集《风吹麦浪》，便是这样一部作品。这也是马克的第七部文集，它延续了作者一贯的革命浪漫主义情怀，保持了写实风格和主旋律基调。

马克是活跃在当今诗坛的一位主旋律诗人。每当国家政治生活中有重大活动，在主流媒体上总是能读到他的作品。《风吹麦浪》分为“光辉一页”“家国情怀”“神州处处”“晨光呓语”四部分内容，收录诗人新作近四十件。其中，第一辑“光辉一页”，作品饱蘸时代的激情，以中国革命史的若干横断面为背景，用诗的语言抒发了赤诚的情怀，为读者打开了一扇扇历史的窗口。组诗《那些燃烧在历史深处的火光》是本书的代表作之一。诗人从《新青年》杂志创刊起笔，截取了“北大红楼”“共产主义小组”“旅欧，勤工俭学”等历史节点，再现了20世纪初中国曙光微露的镜头与画面。《初航——从上海望志路106号“李公馆”到嘉兴南湖一艘游船上》一诗，则歌咏了中国在一条崭新的航线上，开始了划时代的远航。长诗《百年辉煌——献给中国共产党百年华诞》，是收录本书的又一力作。作者从百年时光纵断面的历史进程中，选择了十四个重要的叙述点，依次写来，让读者和诗人一同重温中国人民在中国共产党的领导下，艰苦卓绝的奋斗历程；一同分享中国共产党在百年征程上建立的丰功伟业。马克的诗，追求将时代的脉搏融入诗行之间，让读者看到历史的血脉正在律动。

细读马克的新作，我有些感触：和众多在部队成长起来的诗人一样，二十多年军旅生活为他的诗歌创作打下了明亮、坚毅的底色，让阳光渗透所有的语言，让诗行间充满着正气，有着一种昂扬的、催人奋进的力量。“**大海见证/今天的中国是一艘加足马力的航船/苍山见证/今天的中国是一只展翅翱翔的雄鹰**”（《百年辉煌》）。还有他歌颂英雄的诗句“**此刻，我听见神州大地上/十四亿同胞也/连同泰山、黄河、长江/一齐为你喝彩，为你鼓掌**”（《致敬，共和国勋章》）。

翻开诗集《风吹麦浪》，不少诗作洋溢着革命乐观主义精神，写战争的残酷，但是依然写出了英雄的大爱情怀。“**这是五月底的太行山上/这是战争间隙的一丁点儿/儿女情长/此刻，漳河水/正在不远处，喧哗/十字岭下，熏风中大地上奔跑着/金色麦浪**”（《一封最后的家书》）。在组诗《那场风雪，那场雨，那些阳光》中，诗行间依然跳跃着乐观、向上的字句：“**当然，今天的阳光/普照瓦窑堡的大街小巷/那树杈上欢迎中央红军的/横幅，在阳光下/正飘散着墨香/街头，墙上/欢迎中央红军的标语/在阳光下格外醒目/小孩子们手中高高举起的彩旗/阳光下，映红了孩子的/脸庞**”，诗句像一幅速写，勾勒出了两支队伍会师时的欢庆场面。

马克善于把控重大题材的诗歌写作，运用大写意描绘大题材、大场景。从写改革开放40周年的组诗《波澜壮阔的画卷》中，十首诗歌分别从不同角度、不同场景下笔，既有微观描摹，也有宏观泼墨，气势恢宏，视野开阔。他写率先开放的沿海十四个港口城市：“**曾几**

何时，许多港口城市 / 默默地在时光中打发着 / 寂寞岁月 / 每天，任潮涨潮落 / 一枚海螺栖息在沙滩上 / 不曾吸引一丝惊喜的 / 目光 / 海浪，轻轻地亲吻着 / 岸边的礁石 / 不曾留下一句美丽的诗行”。他在这组诗的《别了，农业税》中这样描写当初踊跃缴纳公粮的中国农民：“秋风中，汗水挥洒 / 老队长用搭在肩上的羊肚子 / 毛巾，往脸上一擦 / ‘跑起来呀——’ / 乡间的土路上 / 板车，吱吱扭扭 / 奏起一支欢快的合唱 /——光荣，自豪，骄傲 / 写在每个人的脸上”。一群乐观、朴实，拥有爱国情怀的中国农民形象跃然纸上。

马克有乡下生活的经历，他把寻常的庄稼当作自己的朋友来赞美、歌唱，与这些农作物对话，并且娓娓道来，流露出质朴的情感，一种乡土情怀历历在目。“毛豆，最初让我喜欢的是 / 它绯红色的花瓣 / 一簇簇开在田野上 / 还有，蝈蝈们在大豆地里 / 不停地弹琴，歌唱 / 引来无数农家孩子 / 与蝈蝈玩捉迷藏的游戏”（《那些陪我成长的农作物》）。在《风吹麦浪》中，他是这样表达自己的喜悦：“站在村口，向远方眺望 / 金色的麦浪，翻滚着 / 奔向远方 / 这是五月，走进田间地头 / 耳旁，一阵阵 / 麦穗膨胀、炸裂的脆响 / 空气中，弥漫着醉人的 / 麦香 / 银雀在蓝天 / 开心地歌唱 / 微风中，大地上 / 展开一幅丰收的景象”。

细读马克的新作，我还有些联想：其一，当下我们有部分写主旋律的作品，写得不到位，原因之一是，情感不到位，情怀不到位，这是一种缺失。倘真如此，创作态度就需要调整了。其二，写主旋律的作品，更应该讲究语言。有一部分作品写得不理想，与语言的质感相关，诗歌语言是保卫诗歌属性存在的前提，倘若诗歌语言不到位，这是一种遗憾。其三，写主旋律的作品，同样要求很高、很好的文化含量，要在一定的历史背景下，展开我们的叙述点。这就要求作者不仅应该熟悉红色文化，同时要在作品中融入若干文化元素。特别是青年作家，应该做好创作前的准备，把创作前的基本功做足、做扎实。

写到这里，我还想写下这样一段话，作为本文的结束语，并与诗人们共勉：与诗人马克同时期，生于20世纪60年代的作家，特别是有过乡村生活与军旅生涯的作家，有一个共同的话题，一个值得思考的话题，那就是面对我们这个飞速发展的时代，要在吸吮新的创作思维与新的创作元素的同时，重新挖掘、整理，包括保护好自己的创作资源，要继续打属于自己的深井，创作出更新、更美，无愧于时代的诗篇。

是为序。

二〇二一年初夏

白庚胜，纳西族，云南丽江人，第十三届全国政协常务委员，中国作家协会副主席。长期从事文学创作、评论，文化学、民俗学研究及文学、文化、学术组织工作。

目录

第一辑　光辉一页

第二辑　家国情怀

第三辑 神州处处

第四辑 晨光呓语

后记

第一辑

光辉一页

那些燃烧在历史深处的火光（组诗）

《新青年》

这是 1915 年 9 月 15 日的上海
福州路惠福里群益书社的
一束火炬
突然照亮许多年轻人的脸庞
三千多字的《敬告青年》
让一颗又一颗年轻骚动的心
迎着火光
追寻光明与真理
一个青年学生坦言：
真是像在黑暗的地方见到了曙光一样[①]

他们抬头看见
前方，科学与民主
两面崭新的旗帜
在火光中迎风招展
猎猎作响

看啊，一篇篇文章
如同一枚枚炸弹
投向旧制度与封建思想

① 出自恽代英写给《新青年》的信。

让暮气笼罩的神州大地
春潮澎湃
江河卷起巨浪

李大钊、毛泽东、鲁迅、瞿秋白……
多少青年才俊
朝着这支火炬聚拢
他们握紧拳头，挑战腐朽
一起将火炬高高举起
让熊熊燃烧的火焰
指引着光明方向
给生活在黑暗势力统治下的人们
送去明媚的阳光

匡互生[①]与火烧赵家楼

1919年4月
这个春天
北京，没有春风
紫禁城暮色笼罩
大好河山沉沦
空气板结，凝重
当巴黎和会的噩耗传来
北京高等师范学校校园里
一盏灯火，彻夜通明

① 匡互生（1891—1933），湖南省邵阳县人，五四运动天安门集会和会后游行的三位主要组织者之一。

你看，青年学生匡互生的笔下
流露出的是怎样的悲壮与悲痛
“我死后，要家人知道，
“我为救国而生……”
他和一群青年学生明白
“血钟不响，民众不醒。”
看，天安门前
聚集着他和三千多名
热血沸腾的学生
街头上飘洒着雪片般的传单
古城回荡着振聋发聩的吼声
“取消二十一条！”
“还我青岛！”
“严惩卖国贼！”
慷慨激昂的口号如同洪钟大吕
把麻木、沉睡的人们惊醒

在赵家楼胡同
匡互生勇敢地爬上高墙
不顾手掌上流淌的淋漓鲜血
和玻璃扎伤的疼痛
毅然投下一个燃烧的火种
顿时，火光映亮了一张张
群情激昂的年轻面孔

此刻，匡互生也许没有想到
他手中的一把火

点燃了多少工人学生的爱国热情
一场声势浩大的爱国运动
从北京爆发
席卷全国
中华大地，一片沸腾

北大红楼

站在这幢四层红砖板楼面前
我感觉它无比高大，巍峨
墙上一个个如雷贯耳的名字，熠熠生辉
至今光芒四射

我看见红楼前学生们集结完毕的游行队伍
高擎旗帜，同仇敌忾
这是 1919 年 5 月 4 日，这支
声势浩大的队伍，注定要葬送一个旧的时代

我看见一个年轻的湖南学生
把图书馆当作阶梯
为求得一个“济世良方”
他在北大红楼寻求救国救民的真理

我看见李大钊先生不辞辛苦
带领十九个青年学生
探寻真理，追求梦想

把人类解放事业扛在肩上

我看见新文学研究会、哲学研究会……
许多革新团体和进步刊物
在红楼云集，宣扬民主与科学
在学生中传播马克思主义

我看见校长室蔡元培先生的粗茶淡饭
一代教育名家，广揽人才
为马克思主义在中国传播
以开阔的胸襟，搭建平台

我看见，在这座普通的楼房里
红色与革命元素弥漫
马克思主义研究会、北京共产主义小组相继组建
星星之火已被点燃

我看见历史教科书中的“南陈北李”
在红楼里激动地相聚
近代中国开天辟地的大事变
在他们紧紧握起的手中，徐徐开启

共产主义小组

一群有抱负的知识分子
一群满怀激情的青年人

1920年8月从上海开始
他们点燃火把
矢志照亮中华大地
让中华民族摆脱沉疴，扬眉吐气

看，星星之火在神州大地上迸发
闪动着烈焰
古都北京，南国广州，泉城济南
在长沙，湘江之畔
江城汉口，开满樱花的东京
还有巴黎，遥远的异国他乡
八个共产主义小组
五十多个水手
为着一个梦想
奋力划动双桨

灯火通明的上海环龙路老渔阳里2号
《劳动界》主编李汉俊[①]正在埋头苦干
他要把这份报纸办成：
中国劳动阶级有力的言论机关

这天，长辛店工人们手捧着一本杂志
心情是那么激动
脸上挂满了笑容

---

① 李汉俊（1890—1927），湖北省潜江县人，中国共产党第一次全国代表大会代表，中国最早的马克思主义启蒙者之一。

编辑邓中夏[①]在发刊词中申明
这本《劳动音》就是要动员工人们
——“共同去干社会改造的事情”

1921 年 5 月 1 日
《劳动周刊》在济南与百姓们见面
王尽美[②]决心让马克思主义
走进工厂，走进车间

一份份散发着油墨香的
启蒙教育报刊竞相
来到工人当中
传播翻身求解放的朴素思想
遍布各地的八个共产主义小组
犹如一个个火种给黑暗旧中国的百姓
送来光明与希望
当他们在上海石库门汇合、相聚
燎原大火顿时把中国的天空
照亮

旅欧，勤工俭学

到西欧去

---

① 邓中夏（1894—1933），湖南省宜章县人，中国共产党早期领导人之一，马克思主义理论家。

② 王尽美（1898—1925），山东省诸城县人，中国共产党创始人之一，中国共产党第一次全国代表大会代表。

到马克思的故乡去
一群又一群青年学生告别家乡
远涉重洋，寻求真理
于是，在巴黎、里昂、布鲁塞尔……
多少中华有志青年留下了
战斗足迹

“改造中国与世界——”
蔡和森[①] 在蒙达尼公学
慷慨激昂，湖南青年才俊
献身共产主义，矢志不移
在雷诺汽车厂
年轻的钳工邓希贤[②] 干得汗流浃背
他知道，救中国
要融入当地劳工阶级
陈毅，这位施奈德公司的铁锉工
里昂大学读书，参加罢工运动
在风起云涌的画卷里
总能在人群中看到他，带头
昂首高唱
——《国际歌》《马赛曲》
在“央脱莱蒙”号法国邮轮甲板上

① 蔡和森（1895—1931），湖南省湘乡县人，中国共产党早期的重要领导人之一，杰出的共产主义战士，无产阶级革命家、理论家和宣传家。

② 邓希贤（1904—1997），即邓小平，邓小平理论的主要创立者，中国共产党第二代领导集体核心人物。

向警予[①]、蔡畅[②]一对闺蜜
迎着地中海的风
面对蔚蓝色大海畅谈理想
她们决心，让巾帼
在这场社会变革史上
留下永不磨灭的记忆
在马赛华人教育会案头编辑报刊的赵世炎[③]
又转战到巴黎西郊铁工厂，挥汗如雨
他知道，勤工俭学的年轻人
是中国的未来，在他们身上
承载着中国的梦想与希冀

旅欧，勤工俭学
在工厂、学校、贫民区
和街头示威游行的队伍里
让一群年轻的中国青年
完成了一场灵魂深处神圣的洗礼

---

① 向警予（1895—1928），湖南省溆浦县人，中国共产党早期领导人之一，杰出的共产主义战士，中国妇女运动先驱。

② 蔡畅（1900—1990），湖南省双峰县人，中国妇女运动的先驱和卓越领导者，久经考验的忠诚的共产主义战士，杰出的无产阶级革命家，曾任第四、第五届全国人大常委会副委员长。

③ 赵世炎（1901—1927），重庆市酉阳土家族苗族自治县人，中国共产党早期杰出的无产阶级革命家，著名工人运动领袖，卓越的马克思主义理论传播者，中国共产党创始人之一。

初航

——从上海望志路 106 号“李公馆”到嘉兴南湖一艘游船上

那些日子里
有太多的悲剧故事
漂泊在海上
一重重暗礁
一排排巨浪
扑灭了多少追求与梦想
这是一条未开辟的航道
这里有湍急的涡流与无数的绝唱

1921 年 7 月 23 日
在中国南方
从上海望志路 106 号石库门“李公馆”
到嘉兴南湖一艘游船上
十三个人切磋着中国航海史上
一次划时代的远航
在苍茫的海面上
他们扬起希望的风帆
荡开奋进的双桨
——向着光明的前方
远航

海上的暗礁布满惊险
海上的浪涛尤为疯狂

有的人望而却步
有的人却用热血与生命
谱就了一曲曲大气磅礴的红色乐章
二十八年，前仆后继，历尽艰难
——航船，劈风斩浪
看，一条崭新的航线上
高高矗立的灯塔
闪射着迷人的光芒

这条航道
是多少人的追求、多少人的期待
吸引着多少人敬仰的目光
从此，“开天辟地的大事变”镌刻在
中华民族复兴伟业的画卷上
今天，打开厚重的红色纪念册
我们要放声歌唱，一百年前
从石库门“李公馆”到嘉兴南湖一艘游船上
十三个人的一次
划时代的，远航

百年辉煌

——献给中国共产党百年华诞

序曲

这是，一场
一个世纪的艰难跋涉
历经百年风风雨雨
中国共产党人，把初心与使命
化作一部辉煌壮丽的诗篇
写在广袤无垠的，中华大地
回望历史深处
——百年征程
那峥嵘岁月中的每一天
我们，都不会忘记

一

我们不会忘记
那是一个风雨如晦的日子
在中国的南方，在上海望志路 106 号
在嘉兴南湖的一只游船里
十三个中国共产党人的一次聚会

开创了中国新的世纪
面对四分五裂的国土
面对饥寒交迫的父老兄弟
面对饱经战乱的中华大地
他们忧心如焚，痛苦焦虑
于是
在中国又一轮太阳在地平线上冉冉升起
山沟沟里的农民看见了曙光
挖煤的工人看见了希冀
啊，中国在呼唤一场风雨
呼唤一个痛快淋漓的雨季
把污秽不堪的旧中国干干净净地洗涤
我们不会忘记
湘乡农会的梭镖，威风凛凛
京汉铁路工人的口号，震撼着天地
左右江、海陆丰，那挥舞的红旗

二

谁能说，天空总是晴朗
没有阴云，没有风雨
谁能说，道路总是平平坦坦
没有坎坷，没有荆棘
我们不会忘记
“四·一二”蒋介石举起的屠刀
“马日事变”许克祥的残杀

“七·一五”汪精卫的阴谋诡计
我们不会忘记
岳麓山下，碧血横流
黄浦江上，江水哭泣
然而，中国共产党人被吓倒了吗？
不，你听南昌城头起义军清脆的枪声
你看，广州公社鲜艳的红旗
秋收的农民跟着毛委员踏上了新的征程
在罗霄山脉中段的井冈山上
开始建立巩固的农村革命根据地
这就是共产党人的胆略
这就是共产党人的骨气
于是，茫茫林海里
生长着不屈的精神
巍巍山脉中
回荡着红军豪迈的歌声，雄壮的乐曲
我们不会忘记黄洋界的炮声
朱德的扁担
三湾村老榕树下挂起的那面党旗
啊，星星之火，可以燎原
神州大地到处有红军的歌声，打土豪的标语

三

人们说树弱经不起大风
幼苗经不起霜冻

三十年代初我们党还是个咿呀学语的幼童
所以，当那个从莫斯科回来的年轻人
机械地搬来马列的理论
搬来革命导师的只言片语
害得中国革命大伤元气
于是，在一个夜晚
中国工农红军不得不开始了一次
震撼世界的战略转移
再见吧，红都瑞金
再见吧，可爱的苏区
回首望沉默不语的香樟树
炮火连天的征途上
红军战士默默地把你埋在心底

四

人们说，在真理与谬误的较量中
真理总是战胜谬误
因为真理是人心所向
谬误是众矢之的
于是，在黔北的一座小城
中国共产党人坐下来对往事
进行了一次认真的回忆
于是，毛泽东回到舵手的岗位
从此崭新的航线在他睿智的目光中开辟
看吧，红军战士欢呼雀跃

看吧，遵义城头的光芒照彻天宇
茫茫雪山何所惧
茫茫草地何所惧
有咱们的导师毛泽东
有咱们的领袖毛主席

五

那天，一个叫埃德加·斯诺[①]的美国人
在中国的大西北发现了一个秘密
他发现了黄土高原上有个叫陕甘宁的边区
他发现了很土气的毛泽东、朱德
他发现了红军战士八角帽上的红星
他对自己的发现产生了极大的兴趣
不久，在白色恐怖下的南京、上海
在美利坚和不列颠的土地上
在许许多多的人们的手上
传看着一本关于中国苏区
关于中国共产党人的传奇
——《西行漫记》
于是，这群共产党人艰苦卓绝的斗争故事
让多少人景仰
中国的大西北啊
吸引了来自祖国各地的多少热血青年

① 埃德加·斯诺（1905—1972），生于美国密苏里州，美国著名记者。代表作《红星照耀中国》（又名《西行漫记》）在西方率先报道了中国工农红军在陕北的情况。

六

十年奋斗，斗转星移
当日本兵在卢沟桥上
扛着三八大盖很牛气地晃来晃去的时候
是共产党人调整了射击方向
于是，在太行山上
在青纱帐里
在大河上下
在茫茫林海，冰天雪地
平型关伏击威震敌胆
阳明堡一战挫敌锐气
然而，我们不会忘记
左权[①]将军血洒太行
杨靖宇[②]将军饮弹雪地
多少党的儿女为了中国人能扬眉吐气
挺身而出，抛洒热血
多少党的儿女为了中华民族的独立
义无反顾，慷慨捐躯
这就是中国共产党人
这就是中华民族精神的延续
延安窑洞的灯光

---

① 左权（1905—1942），湖南省醴陵县人，中国工农红军和八路军高级将领，无产阶级革命家、军事家。

② 杨靖宇（1905—1940），河南省确山县人，中国共产党优秀党员，无产阶级革命家、军事家，东北抗日联军主要创建者和领导人之一。

宝塔山下的歌声
南泥湾香喷喷的小米
哺育了一代中华儿女

七

记得一位外国诗人说过
冬天已经到了，春天还会远吗
不，我们说冬天毕竟是冬天
创造春天还要靠我们自己
君不见，日军投降书的墨迹未干
蒋介石的脸上已露出了腾腾杀气
君不见，满目疮痍的中国百废待举
神州大地上烽烟又起
中国向何处去
民族向何处去
在通往未来的十字路口上
中国人民最有选择的权利
听，挺进大别山的炮声
震撼着南京石头城里蒋介石的官邸
看，孟良崮上飘扬着人民解放军火红的战旗
在河北省的一个小山村里
共产党人的统帅部正在运筹帷幄——
三大战役，摧枯拉朽
向全国进军，横扫千里
当一位年轻的解放军

扯掉那面飘了二十二年的青天白日旗
战士们在总统府上兴奋得泪流如雨
此刻，在北平的西郊
在香山的一棵大树下
你可听到“钟山风雨起苍黄……”那豪迈的诗句
毛泽东主席
我们不会忘记您健步登上天安门城楼时的心情
我们更不会忘记1949年10月1日下午3点
您那激动人心的一句：
“——中华人民共和国中央人民政府今天成立了！”
只因这一句
人民，便成了主人
中国，便结束了过去

八

看吧，从黄土高坡到东北黑油油的沃土
从东海之滨到云贵高原广袤的土地
翻身的农民欢欣鼓舞
当初萧条的农村如今又焕发出了青春与活力
土地改革
结束了中国几千年的封建土地所有制
是共产党人让农民终于拥有了属于自己的土地
此刻，面对自己的土地
农民啊，哪一个人不是心潮澎湃
泪洒如雨

九

当荣毅仁[1]把苦心经营的工厂
换上崭新的公私合营牌子
当民族资本家纷纷告别过去
一处处车间里灯火辉煌
马达轰鸣高歌
今天啊
工人们个个扬眉吐气
共产党人领导的新中国
正在引领着中国人民走上一条崭新的金光大道
——社会主义

十

社会主义
为中国的腾飞插上了翅膀
为中国的崛起把前进的道路开辟
看——
陈永贵[2]带领农民在狼窝掌上建成的一块块梯田

---

① 荣毅仁（1916—2005），江苏省无锡市人，中国现代民族工商业者的杰出代表，曾任中华人民共和国副主席。

② 陈永贵（1914—1986），山西省昔阳县人，全国劳动模范，中共第十、十一届中央政治局委员，曾任中华人民共和国国务院副总理。

王进喜[1]和他的工友们不畏严寒战斗在冰天雪地
孟泰[2]在钢花飞溅的高炉前挥汗如雨
杨利伟[3]飞向太空探索宇宙的奥秘
当第一颗原子弹在荒漠爆响
那升腾的蘑菇云里
有多少中国人的希望在冉冉升起
当三峡大坝截断长江在崇山峻岭中巍然屹立
那奔腾的浪花里有多少赞颂祖国的优美诗句
我们不会忘记
1970 年 4 月 24 日
茫茫太空里有一颗新星格外引人瞩目
星空下，多少人翘首聆听着《东方红》
这首中国人民熟悉的乐曲
这就是共产党领导我们建设的
——社会主义

十一

人们不会忘记
——1978 年 12 月
党的十一届三中全会引领着中国

① 王进喜（1923—1970），甘肃省玉门县人，新中国石油战线的铁人，全国著名劳动模范。

② 孟泰（1898—1967），河北省丰润县人，20 世纪五六十年代誉满全国的钢铁战线的老英雄，全国著名劳动模范。

③ 杨利伟（1965—），辽宁省绥中县人，特级航天员，中国第一代航天员，是中国进入太空的第一人。

跨进了一个新的历史时期
——改革开放，振兴经济
于是，十四个沿海开放城市
犹如十四颗璀璨的珍珠熠熠生辉
从此，中国和西方发达国家大大地缩短了距离
当“傻子瓜子大王”年广久[①]在一口大炒锅前
徘徊，犹豫，心有余悸
是邓小平给他鼓舞
给他继续经营的勇气
于是，一批先富起来的人们出现在大江南北
一批先富起来的人们用他们的智慧和汗水
带领着更多的人摆脱贫困，告别过去
人们不会忘记
当20世纪90年代初的中国，再次
走到十字路口，彷徨、犹豫
是邓小平的南方谈话
让迷茫的人们找到了前进的路标
南方谈话啊
引领着中国昂首阔步走向新的世纪

十二

曾几何时
香港、澳门流落在海外

---

① 年广久（1937—2023），安徽省怀远县人，改革开放初期创建傻子瓜子公司，2018年10月被中央统战部、全国工商联推荐为宣传改革开放40年百名杰出民营企业家。

在风风雨雨中漂泊了一个漫长的世纪
是邓小平满怀深情地提出用一国两制的方式
接一双儿女回家
于是，一个大胆的构想
—— 一国两制，让世界惊奇
当高傲的撒切尔夫人
不得不友好地和邓小平坐在一起
当撒切尔夫人不得不将当年一群老牌殖民者
从中国手里抢走的“东方之珠”拱手还给中国时
撒切尔夫人面前的这个一代伟人
让世界佩服得五体投地
从此，世界记住了
1997 年 7 月 1 日和 1999 年 12 月 20 日
因为，在这两个日子里
中国的军车隆隆地开进了香港、澳门
从此，五星红旗在香港、澳门的天空高高地飘扬
中华人民共和国国歌
响亮地回荡在香港、澳门的每一寸土地

十三

翻开历史
我们不会忘记
雷锋护送老大娘走在风雨中的背影
为改变兰考落后面貌
县委书记焦裕禄那病弱的身躯

奔波在藏北高原风雪中的孔繁森
为百姓们操劳一生，牛玉儒直至生命弥留之际
这些共产党人的典范啊
这遗留在中国大地上的一串串光辉的足迹
不正像一座座丰碑
在十几亿人的心中巍然屹立

十四

今天，中国再次刷新纪录
看，苍茫宇宙
我们从遥远的地球东方来了
神舟飞船托举起一代又一代中国人的
航天梦想
在拉美，在东南亚，在非洲沙漠腹地
在饱受饥饿战乱的人群中
穿梭着我们维和士兵的身影
看，印度洋上
我们的军舰编队
正在驶向远方蔚蓝色的海洋
给世界，给人类
播撒友谊，送去和平
北京，碧波荡漾的雁栖湖畔
还在回荡着“一带一路”论坛峰会上
中国声音
杭州，四季如春的西子湖面

倒映着中国
大国外交的身影
厦门，风和日丽的鼓浪屿
记住了当代中国的优雅与从容

当一场突如其来的新冠肺炎疫情
在全球肆虐
在抗击疫情的一线
多少共产党人
勇敢地向着疫情发起冲锋
在 ICU 病房，在方舱医院
在社区百姓最需要的地方
他们给病人送去温暖
点亮生命之光
生活的暂停键重新开启
人们一度驻足的脚步再次迈开
银鹰冲上蓝天展翅翱翔
听，假日里的公园又溢满了笑声
中国疫苗，一张响亮的名片
正在让世界不同肤色的人们
看到阳光，看到希望
看到在与疫情博弈的角斗场上
一个大国的胸怀与担当

当然，还有奔向世界的高铁技术
在不同人群，不同国度
吸引了多少惊喜的目光

擦亮了多少人的眼睛
还有，绿水青山
湛蓝的天空
小桥流水人家
山沟沟里飘出的朗朗笑声
在深山，在村寨
多少共产党人带领群众奔小康的身影
已成为当今中国大地上一道
靓丽的风景

共产党人
我们听从您的召唤
人民领袖
我们紧跟您——
不忘初心，继续前进
因为，是您让人民摆脱了贫困
因为，是您让人民的脸上挂满了笑容

大海见证
今天的中国是一艘加足马力的航船
苍山见证
今天的中国是一只展翅翱翔的雄鹰

雄伟的天安门广场
为何这般姹紫嫣红
壮观的十里长安大街
为何灯火辉煌通明

您听，人民大会堂传出的喜讯
这喜讯在昭示着
中国，将踏上新时代中国特色社会主义
——崭新的征程

在长辛店，我听到来自历史深处的那一阵阵呐喊（组诗）

寻找一段历史，我漫步在长辛店大街上

永定河的流水
仿佛还在诉说着那一段历史
长辛店大街上的古槐
仿佛还在念叨着昨天的“二七惨案”
透过历史的云烟，我们看
那是中国工运史上一曲多么辉煌的乐章
那是一段多么悲壮的诗篇

那时，永定河西岸的长辛店铁路工厂
工人们整日受尽洋人的奴役
耳畔，是洋人无休止的谩骂
头顶上，是洋人蛮横的皮鞋、皮鞭
这天，长辛店大街上传来了
“五四”运动中进步学生们的呐喊
“劳工万岁
“要自由，要人权”
觉醒的工人喜笑颜开
“救国十人团”在铁路工厂诞生了
穷苦的劳工头顶上
要拥有属于自己的一片蓝天

工人们不会忘记
祠堂口一号院东侧屋里
明亮的灯光彻夜不眠
劳动补习学校的教室里
邓中夏老师手中的粉笔轻叩着黑板：
劳工神圣
“工”和“人”两个字
合在一起就是一个“天”
共产党人的谆谆教诲
注入了每个工人的心田
于是，工会的旗帜在长辛店大地上高高飘扬
工人们终于有了自己的组织
工人们结束了任人宰割的昨天

当京汉铁路总同盟大罢工的消息传来
娘娘宫前攒动的人头
激情高昂的人们
挥动着“劳工神圣”的小白旗
呼喊着：打倒卖国贼
争自由，争人权——
一阵阵口号声
震天动地
在古老的长辛店大街上空
回荡、盘旋
无所畏惧的工友们
众志成城，同仇敌忾
大家相约：

谁牺牲了，我们将来一定铸铜像纪念

人们永远不会忘记
1923 年 2 月 7 日这一天
清晨的火神庙被一片雾霾笼罩
三四千工人冲向伪警察局
营救被捕的工会成员
面对军阀洞黑的枪口
工人领袖葛树贵[1]振臂高呼
枪声中
工会会员们的鲜血把长辛店大街洒满

今天，漫步在“二七”纪念馆
凝望着一件件文物
一幅幅图片
我仿佛又看到长辛店街头
工人纠察队的红旗漫卷
我仿佛又听到来自历史深处的
那一阵阵呐喊

一只小鸟，在祠堂口一号院大门上守望

一只不知名的小鸟
栖落在

① 葛树贵（1887—1923），山东省人，1923 年参加京汉铁路工人“二七”大罢工，担任纠察队队长，被反动军警杀害。

长辛店大街祠堂口一号院的大门上

它仿佛对进进出出的
参观的人流
没有一点畏惧
安然地蹲在那里
像是在寻找当年补习学校课堂上的
教书先生
或是等待当年往小院走来的
那群兴高采烈的人们
来这里聚会
探讨铁路工厂的工人们如何求得解放

一只小鸟独自站在
祠堂口一号院的大门上
悠然地看着我们这群人
对这处历经风雨的故居造访
甚至，当好奇的人们和它对望
依然没有一丝惊慌
它或许看惯了
“二七”大罢工声势浩大的队伍
那时，高高举起的拳头
寒风中舞动的红旗
游行队伍的口号声，一浪盖过一浪
当然，还有日后
内燃机车无奈地冒着滚滚浓烟
奔向远方

一只小鸟
在祠堂口一号院大门上
徘徊，守望
它在怀念长辛店昨天风起云涌的故事
在陪同我们这群人
向长辛店历史深处眺望

暮色中，我看见长辛店大街上走过一个急匆匆的身影

夜幕中，我看见一个急匆匆的身影
走在长辛店大街上
一身长布衫
一把油纸伞
在尘土飞扬的昏暗的路灯下
他急匆匆地拐进祠堂口一号院

文化补习夜校教室明亮的灯光
辉映着他白皙的面孔
课桌前无数双目光
流露出他们内心的渴盼
一本本散发着油墨香的《劳动音》
在大家手中传看
一阵阵春风
吹进大家的心田

他那湖南口音的普通话
深深地吸引了满屋的工人
他把许多革命道理
写满了黑板
课堂上，他激情高昂的演说
不时博得阵阵掌声
课下，他来到工人中间
与穷苦工人促膝长谈
同志们，劳工神圣啊
我们要自由，我们争人权
我们万众一心
就能推翻头顶上的大山

邓中夏，这个北大高材生
不坐在书斋里念书
不谋划自己如何当官、挣钱
他却奔走在学生、工人的人流中
穿行在铁路工厂的车间

夜幕中，我看见
长辛店大街上走过一个急匆匆的身影
他迎着北方冬日凛冽的寒风
向铁路工厂走去
在北方大地上，在穷苦工人中间
传播共产主义思想
他把革命的火种播撒在永定河畔

一座法式二层小楼，曾经放飞了多少青年的梦想

当觉醒的中国青年
从四面八方向这里走来
长辛店，一座方形的二层法式小楼便
深深地镌刻在中国革命的记忆深处

在蔡元培老先生的引领下
这群操着不同方言的青年人
白天走进工厂打工
感受工人师傅的冷暖
夜晚走进这里的课堂
探讨救国救民的理想

当然，还有法兰西语言
每天都会飘出这座小楼的窗口
那些日子里
年轻的蔡和森、李富春、何长工和同学们
每天很晚从这座小楼回到
长辛店大街米家口的车马店里
然后，再和第二天升起的太阳一道
走向喧嚣的工厂

当青年毛泽东来到这里
他仿佛看到了中国革命的希望

劳苦工人感到他那湖南话里
有和煦的春风
有明媚的阳光
让他们心潮澎湃
让他们浑身充满了力量

那时，现代化机车从这里
轰响着开往铁路能够延伸到的
每一座城市，每一处矿山
在产业大军里锻炼成长的这群年轻人
也把革命的火种
播撒在永定河畔
播散在工业文明延伸到的地方

今天，翻开厚厚的革命史册
那依然是灿烂辉煌的一章
长辛店铁路工厂的这座法式二层小楼
让多少年轻人怀揣着救国救民的梦想
向着法兰西寻求真理
远涉重洋，向着遥远的西方起航

老物件陈列室，一盏铁路信号灯
仿佛还在发出红色的光芒

在合成公社区
尹喜军的老物件陈列室

我看见一个熟悉的面孔
—— 一盏锈迹斑斑的铁路信号灯
默默地静卧在展柜里

此刻，我仿佛看见
身材高大的李玉和①同志
手提红灯四下张望
那束红色的光芒在夜色中
格外引人注目
甚至招来
铁路沿线夜行的动物们
好奇地围观

当然，这盏铁路信号灯
也会穿过浓浓的雾霾
穿过密集的雨帘
抵达前方快速奔跑的目标
给前进的机车指引方向

如今，手提铁路信号灯的人
早已下岗
在向远方延伸的铁路线上
再也寻觅不到
他们风雨无阻的身影

① 李玉和，革命现代京剧《红灯记》中的角色，在该剧中是一名铁路扳道工人，地下共产党员。

只是，这盏铁路信号灯
熟悉的面孔
让我想起那段历史
遍地燃起的狼烟
和一段在耳畔回响的
经典唱段

那场风雪，那场雨，那些阳光（组诗）

1934年11月16日，红二十五军从河南省罗山县何家冲开始长征，历时十个月，转战五千公里，历尽千难万险，于1935年9月15日到达陕甘苏区永坪镇，次日同西北红军第二十六、第二十七军会师，率先结束长征。

——题记

何家冲的雨

那天，罗山县何家冲的天空
终于抑制不住内心的激动
淅淅沥沥的雨水
把何氏宗祠门前的
银杏树叶子洗得格外的绿
那丝丝雨水仿佛还在
倾诉，舍不得这支队伍
消失在迷茫的远方

雨中，仿佛还传来
何大妈撕心裂肺的喊叫
在白匪军的面前
她把一位素不相识的红军伤员
认作儿子
是的，这些红军战士哪个不是她的儿子呢

这些儿子哪个不是
给天下受苦的父母们打天下

何家冲的雨是柔软的
它惦念这支刚刚离开的队伍
明天战士们是否有军粮充饥
何家冲的雨是温暖的
丝丝缕缕打在脸上
仿佛对战士们有说不完的话语

何家冲的雨，深情地
目送着这支队伍向远方
浩浩荡荡奔去
军首长徐海东满含热泪
在雨中向何家冲
挥手作别
他知道，天空中飘洒的这场雨是何家冲
依依不舍的情谊

独树镇的雪

独树镇上的雪花拍打着一群
娃娃兵们稚嫩的脸
但是，你看这些娃娃兵
那炯炯有神的眼睛
个个闪射着愤怒的目光

这是一场血战啊
此时，政委吴焕先[1]手中挥舞的利刃
与雪花寒气相互辉映
“共产党员跟我上——”
哗啦啦
一队战士呐喊着
向前冲去
雪花呼应着战士们的呐喊
雪花伴着战士们脚下的泥泞
政委吴焕先身影如同闪电
划过战士们面前
独树镇的路上从来
没有这般泥泞
红军战士们
从跌倒的泥水中爬起
呼啸着向前冲去
他们知道
伏牛山，就在前方
向他们招手
杀开通向伏牛山的血路
这支队伍，就会一往无前
终于，穿过独树镇的雪
和空气中弥漫的硝烟，以及血腥
这支铁流
浩浩荡荡西去

① 吴焕先（1907—1935），河南省新县人，鄂豫皖苏区创建人，中国工农红军杰出指挥员，1935 年 8 月在甘肃省泾川县四坡村战斗中英勇牺牲。

此刻，独树镇天空
雪花依旧飞舞
仿佛在为西去的队伍
开一场盛大的 party

四坡村山坡上的风

大西北黄土高坡上的风
这般肆虐
这般放荡
吼叫着，卷起黄土卷起黄沙
朝人们的脸上扬去
一把，又一把
生疼，无比
那些胆怯的茅草、蒿草、狗尾巴草们
匍匐在地，不敢喘息

这天吹在两支队伍面前的风
借着两军交火的阵势
更加野蛮
只是红军战士杀声震天的
吼叫，吞没了山坡上的
风吼
当然，政委吴焕先的冲锋号令
更是令四坡村山坡上的风
心惊胆战

只是，当一颗罪恶的流弹
朝政委吴焕先奔来的时候
我看见徐海东军长
血红的眼睛
和声嘶力竭的喊叫
把四坡村山坡上的风
压得抬不起头来

今天，走进四坡村
我依然还能听见
四坡村山坡上的风
在低声呜咽

瓦窑堡的阳光

——到达陕北的中央红军，给养非常困难。于是，毛泽东给徐海东写信求援。徐海东闻知，慷慨解囊，拿出部队大部分家底帮助中央红军解困。

阳光，一缕一缕
从瓦窑堡湛蓝的天空飘落
一缕一缕的冬日阳光
沐浴着毛泽东、张闻天
喜悦的心情
这明亮的阳光也把他们
头顶上那枚历经风风雨雨的
红星洗得愈加鲜艳，愈加神采奕奕

当然，瓦窑堡的阳光
是伴随着徐海东军长手下的战士
走进中央红军指挥所的
你看那白花花的五千枚银元上面
洒满多少惊喜的目光
你看那一支支锃光瓦亮的勃朗宁枪管上
跳动着多少诱人的光芒

当然，今天的阳光
普照瓦窑堡的大街小巷
那树杈上欢迎中央红军的
横幅，在阳光下
正飘散着墨香
街头，墙上
欢迎中央红军的标语
在阳光下格外醒目
小孩子们手中高高举起的彩旗
阳光下，映红了孩子的
脸庞

这是 1935 年年底的瓦窑堡
这天，瓦窑堡的阳光
是那么温暖，那么明亮

祖国咏叹调（组诗）

中华人民共和国成立了！
——读油画《开国大典》

1949 年 10 月 1 日下午 3 时，修葺一新的北京天安门城楼上。在几十万群众的欢呼声中，毛泽东主席向全世界庄严宣告："中华人民共和国中央人民政府今天成立了！"顿时，广场上欢声雷动，群情激昂。

——题记

世界从来没有听到过这声音
中国人好久没有喊出过这声音了
这声音乘着电波飘向远方
这是震撼世纪的雷声
此刻，那些为喊出这句话
而倒下的千千万万的人们
也许正微笑地倾听
尽管他们已长眠在远方的大地，山川

曾几何时
这座城楼哀叹衰老的岁月
即使雕梁画栋也挽留不住祥和的日子
于是，岁月便苍白、凝重

高高翘起的飞檐终于托不住那轮
血红的夕阳，任暮气笼罩
今天，这座城楼精神抖擞地
和这些领袖们站在一起
一起检阅
——人民共和国的盛典

此刻，偌大的天安门广场
人山人海，旗帜飘扬
蓝天高远，阳光明亮
毛泽东主席
让您浓重的湘音尽情地激动吧
因为您和您的人民赢得了
——世界东方

当然，若干年之后人们不要忘记
在公元 1949 年 10 月 1 日下午 3 时
在这个辉煌的时刻
有一个声音
像滚滚的雷声
震撼着人们的心扉
震撼着神州大地
“——中华人民共和国中央人民政府今天成立了！”

鸭绿江断桥遐想

伫立在鸭绿江断桥前
绿色的江水，依然在缓缓流淌
江水啊，可曾记得
“保和平，卫祖国，就是保家乡……”
一首战歌，曾经是那么嘹亮

此刻，仿佛来到几十年前
繁忙的鸭绿江桥上
一枚又一枚，硕大的航弹
狠狠地砸向它，火光冲天
空气中充满硝烟
和金属与金属碰撞，发出的尖叫
那时，一个在军用地图上
标注为 597.9 高地，上甘岭
倾泻的炮弹，每天
啃咬着坚硬的岩石
只是志愿军战士的骨头
比岩石还坚硬
硌掉了克拉克将军的门牙
聆听着战歌
一个叫王成的战士
跃出战壕
一句振聋发聩的“向我开炮——”
让“烽烟滚滚唱英雄”在

中华大地上，回响

战歌声中，我看见
潜伏在敌阵地前蒿草丛中
一个叫邱少云的战士
在烈火中，双手深深地
插进胸前泥土中，为了胜利
他把烈火灼烤的疼痛
艰难地吞咽下去
我看见，当零号阵地地堡中
凶狠的射孔吞噬着
战士的生命
黄继光，一个小个子四川兵
惊人的举动
他以血肉之躯
扑向地堡的射孔
完成一个英雄的塑像

当然，我还看见
板门店宽大的墨绿色谈判桌前
曾经高傲的克拉克[①]将军
不得不沮丧地签下
《板门店停战协定》
这时，让世界瞩目的依然是

---

① 克拉克，即马克·韦恩·克拉克（1896—1984），美国四星上将，朝鲜战争时期“联合国军”指挥官，1953年7月27日，他代表“联合国军”一方与朝鲜人民军和中国人民志愿军，在板门店签署停战协定。

坐在谈判桌前彭德怀将军
坚毅的面孔

今天，大地上鲜花绽放
蓝天上鸽群翱翔
沐浴着和煦的阳光和醉人的春风
享受着世界东方的和平
我要向岁月深处的志愿军战士们
深深地鞠躬，致敬

升腾的蘑菇云

迎着新中国诞生的曙光
一批年轻的科学家，告别
名利、地位、金钱的诱惑
远涉重洋，心潮澎湃
扑进祖国的怀抱

他们隐姓埋名
在戈壁荒漠，生命禁区
住干打垒、窝棚
为了一个强大的中国
苦苦求索
为了“596”行动
一个叫郭永怀的科学家
在飞机失事的刹那

把装有绝密图纸的公文包
紧紧抱在胸前
以血肉之躯，守护
国家这一最高机密

世界不会忘记
1964 年 10 月 16 日的罗布泊小镇
这天，沉寂的大漠
一声巨响，从天边划过
烈焰，冲天而起
蘑菇云升腾
轰然倒下的铁塔
在烈火中燃烧
一根通红的铁架
缓缓地弓起
像一尊巨人的脊梁在
大漠中矗立

当第一颗原子弹爆炸
三十多年之后，我看见
二十三位英雄的名字
映红了，人民大会堂里
每一张面孔[①]

---

① 1999 年 9 月 18 日，在中华人民共和国成立五十周年之际，党中央、国务院、中央军委在人民大会堂隆重表彰为我国“两弹一星”事业作出突出贡献的 23 位科技专家，并授予他们“两弹一星功勋奖章”。

数星星

“牛郎星，织女星，北斗星……”
那时，每当夜幕降临
奶奶总是教我
仰望着夜空，数星星

1970 年 4 月 24 日 21 时 35 分
甘肃省酒泉
——东风靶场
大地一阵抖动
戈壁滩一阵轰鸣
钱学森、赵九章们抑制不住
内心的激动
晶莹的泪花
湿润了他们的眼睛
一路走来
风餐露宿，几多辛苦
多少汗水挥洒在高原
回望昨天
枕戈待旦，多少青春梦想相伴同行
“长征一号”火箭，终于
轻轻地将“东方红一号”
地球卫星送入太空
苍茫太空回荡着
嘹亮的《东方红》乐曲

浩瀚宇宙
又多了一颗亮晶晶的星星

这天，奶奶仰望着夜空
却有一颗她数不出名字的
星星

我们都是追梦人

我们都在奔跑
我们都是追梦人
在追逐梦想的道路上
挥洒着汗水，向前
飞奔

我们都是追梦人
追逐梦想，一路前行
在追梦的路上
我看见“中国天眼”之父
南仁东，艰难跋涉在祖国大西南
喀斯特地貌上的身影
当 FAST 在贵州平塘
喀斯特洼坑中，落成
弥留之际，他念念不忘的依然是
追逐梦想，漫步太空

我们都是追梦人
追逐梦想，一路前行
在追梦的路上
我看见，黄海开山岛上
迎风飘扬的五星红旗下
守岛卫士，一双警惕的眼睛
三十多载风吹雨打啊
追逐梦想，以岛为家
让他守卫孤岛的意志更加坚定
满山的野草记住了他的执着与忠诚
呼啸的海风呼唤着王继才的姓名

我们都是追梦人
追逐梦想，一路前行
在追梦的路上
我看见，当台风“温比亚”
撕咬七六〇所南码头时
黄群和同事们义无反顾地
冲向码头
向黄海的巨浪冲去
三百米长的码头
试验平台，有他们追逐的强国梦想
今天，黄海的浪花拍打着船坞
依然在为他们歌唱

我们都是追梦人
追逐梦想，一路前行

在追梦的路上
我看见，快递小哥
追逐梦想的脚步匆忙奔波
一刻不停，阳光下那灿烂的笑容
迎着寒风，他们挥洒热汗
夜幕中，消失在远方的背影
爬上一阶又一阶楼梯
楼道里，门铃声响起
那么悦耳，动听
累了，路边打开微信
寒风中传来，他们
向远方亲人报送平安的笑声

我们都是追梦人
追逐梦想，一路前行
在追梦的路上
是一个又一个
自强不息，幸福快乐的面孔
耳畔响起的是
振兴中华，走向复兴的嘹亮
歌声

纪念碑

1942年1月23日，日寇集结5000余兵力对冀南抗日根据地进行“铁壁合围”。在吕洞固反合围战中，八路军129师新八旅24团特务连回族连长石国都率部与敌军激战，为国家、为民族流尽了最后一滴血。在烈士家乡村口，立有纪念碑一座，上书“万古长青”。

——题记

每次从碑前走过
我的心总是怦然一动

站在乡村开满野花的田埂
我仿佛听到
从历史深处传来的
一阵阵密集的枪声
我仿佛看见
我未曾见过面的爷爷
在那个戎马倥偬
的年代
奔跑在冀南大地上的矫健身影
灰色的军装有些破旧
二十响驳壳枪柄上有些发暗的红缨
在风中飘动

——1942 年 1 月 23 日午夜
这个日子说起来
至今还让风烛残年的奶奶心疼
特务连连长石国都奉命率部突围
面对脚下蜿蜒的交通沟
他好像看到了希望和光明
冀南平原上纵横交织的交通沟啊
曾经挽救了多少年轻八路军战士的生命
于是，这支队伍倏然在大地上消失
这支朝气蓬勃的队伍将要继续他们
为国征战的使命
很快，他们发现这是一条尚未挖通的路沟啊
身后不停叫嚣的炮火
正在把这支队伍逼向绝境
环顾冬日的冀南平原大地
空气里弥漫着驱不散的血腥
此刻，一轮红日
依旧从东方地平线上冉冉升起
对于眼前这支衣衫褴褛的队伍
遍地如蝗虫一般的鬼子兵们兴奋的有些发疯

在密集如雨的枪弹中
几次突围
倒下了越来越多的年轻生命
面对身边中弹倒下的机枪手
爷爷端起机枪
复仇的子弹如同雨水般倾泻

愤怒的叫骂声
惨烈的喊叫声
充盈着冬日的冀南大地
这是一个多么寒冷的严冬

突然，一颗子弹飞来
愤怒的机枪顿时哑然无声
爷爷多么不情愿地倒下了
从此，战争成了
我奶奶心中
永远的伤疤、永远的疼痛

当我在半个多世纪后走进烈士纪念馆
面对石国都连长和他的弟兄
长长的烈士名单
当我小心翼翼地抚摸着纪念碑上
一个个曾经鲜活的生命
“和平”这两个字
更是让我肃然起敬
享受这一切多么奢侈啊
我的内心充满了激动
看看吧，我们身边的这些——
蓝天，白云，盛开的鲜花，悠扬的歌声……

透过卢沟桥上的硝烟

每当来到卢沟桥
耳畔总会传来一阵阵清脆的枪声
石狮，铁桥，纪念馆，古城
一幅烽火连天的历史画卷
让我一次次走进昨天那场战争

这是一座多么祥和的古城啊
仿佛就在昨天
永定河水在月光下轻轻浅唱
青色的城墙砖下
传来阵阵蟋蟀的歌声
摇篮曲伴着婴儿幸福地走进梦乡
街头，大槐树下聊天的百姓
憧憬着这个秋天庄稼的收成

是的，就在昨天
这是一个闷热的夜晚
呼啸的炮弹撕开宛平城上的青砖
弹片击碎了中国百姓的和平
面对挑衅
英勇的二十九军守城士兵
终于打响了
中华民族不甘屈服的

枪声
铅弹撞击在卢沟桥上
迸溅起一簇簇金色的火星
罪恶的炮弹在天空肆意爆响
硝烟滚滚，空气中弥漫着血腥

透过卢沟桥上的硝烟
我看见吉星文手起刀落
伴着鬼子兵惨烈的叫声
刀柄上一束漂亮的红缨在风中舞动
还有，他身边的弟兄
抹去脸上流淌的鲜血
迎着敌人炮火
前仆后继的身影
此刻，我听见四万万中国人被迫发出那
最后的吼声
“起来，不愿做奴隶的人们——
“迎着敌人的炮火前进！”

透过卢沟桥上的硝烟
我看见黄河上下，大江南北
一支支不屈的队伍
为民族存亡冲锋陷阵
我看见华北大平原上
青纱帐里神出鬼没的武工队
在与鬼子周旋
我看见如钉子般楔在关东军心脏

隐藏在林海雪原深处
一座又一座
抗联战士的秘营
我看见左权将军在太行山上
运筹帷幄
我看见戴安澜[①]将军和他的队伍
在热带密林艰难地
跋涉，穿行
我看见台儿庄战役藤县之战
倒在街头的一个又一个年轻的川军弟兄
我看见板垣征四郎[②]望着一支劲旅远去
在平型关留下一声声叹息
还有，杭州笕桥机场上空
穿梭在敌机群中的高志航[③]的战鹰

当然，透过卢沟桥的硝烟
我看见今天卢沟桥上
数不清的狮子依然还在
仰天长啸
我知道它们在齐声呼唤
和平，和平
——和平

---

① 戴安澜（1904—1942），安徽省无为县人，1926 年黄埔军校三期毕业，1942 年率部作为中国远征军的先头部队赴缅作战，1942 年 5 月在战斗中受伤后殉国，追赠陆军中将。新中国成立后，追认为革命烈士。

② 板垣征四郎（1885—1948），日本陆军大将，甲级战犯，1948 年 12 月被远东国际军事法庭判处绞刑。

③ 高志航（1907—1937），吉林省通化县人，1937 年 11 月驾驶飞机率部与日军作战壮烈牺牲。

1935 年的湘江

我所说的湘江
是 1934 年底
广西全州的湘江
界首浮桥上，不时
有红军战士倒下
江面上，散落的文件
漂浮的钞票，圆圆的斗笠
和红军战士灰色的军帽
涂就一幅悲壮的画面
江面上，依然是硝烟
弥漫

我所说的湘江
是 1934 年底
界首渡口的湘江
浮桥让飞机炸没了
再架，刚刚架好的浮桥
再次让飞机炸得七零八散
架桥用的木板、竹子
在江面上随意漂流
只是，朱德、周恩来等
红军领袖在被炸得
千疮百孔的浮桥边

镇定自若地指挥着红军
大队过江，过江

我所说的湘江
是 1934 年底
让红军将士终生不忘
的几次阻击战
枫树脚
文塘
觉山铺
红八军团，红三十四师
红五师，红六师
一支支劲旅
和炮声与硝烟
永远消失在厚厚的军史文献里
却让湘江，记住了
他们永不熄灭的信仰
一处，又一处阵地
见证了英勇红军
钢铁意志
还有一个叫陈树湘[①]的红军师长
向死而生的
英雄气概

① 陈树湘（1905—1934），湖南省长沙县人，中国工农红军第五军团第三十四师师长，在湘江战役中负伤被俘，忍着剧痛从伤口处掏出肠子，壮烈牺牲。

山口上，我的哨位我的青春

石头，石头
石头排列成喜马拉雅山脉
伸向远方
脚下，海拔五千米高原上
山口，劲风野蛮
我努力把自己钉在哨位上
紧握钢枪，在阳光下
站成一尊雕塑

山口上，有我的哨位
界碑在我身旁
我必须用青春守护
它上面每个朱红的汉字
拥有的尊严
此刻，阳光凶猛
执意把我青春的脸庞
镀上一层高原红

帐篷，绿色的军用帐篷
一顶，二顶，三顶
这是我们的营房
我们常常在营房里
听山风肆虐的歌声

山风呼啸，陪伴着我们
每晚入梦
当然，睡前
我会用冰冷的水泡一下脚
洗去一天的疲惫
我只能用这种方式
呵护，我的青春

七月，盛夏的寒风
迎面吹来
此刻，遥望远方雅鲁藏布江河谷
山花怒放，伴着初升的太阳
我们在营地升起
鲜艳的五星红旗
用手机播放嘹亮的国歌
列队，敬礼
在我看来，这是世界上最隆重的
礼仪

站在山口上
从哨位向四处望去
一眼望不尽的灰色岩石和皑皑雪线
一望无际的灰色花岗岩和雪山
连接着远方的苍天与大地
单调的色彩
让我的迷彩服、蓝色的执勤臂章
营地上迎风飘扬的五星红旗

变得更加生动靓丽

山口上，有我的青春我的哨位
任孤独日复一日，把我
紧紧包围
任七月的寒风继续向我示威
我用钢枪在高原上
写下两行遒劲大字
岁月静好
无悔青春
赠予我边防线上的青春岁月
我的幸福回忆与光荣军旅

一封最后的家书

——有感于左权将军最后一封致妻子的信

这是五月底的太行山上
这是战争间隙的一丁点儿
儿女情长
此刻，漳河水
正在不远处，喧哗
十字岭下，熏风中大地上奔跑着
金色麦浪

营地旁，四五十棵洋姜茁壮成长
碧绿的叶子沐浴着初夏的阳光
二十棵西红柿纷纷举着小小的黄色花朵
蓬勃着生机，快乐地
把这个硝烟弥漫的世界打量
你，一个统率千军万马的指挥员
烽火岁月里，种地，行军，打仗

夜晚，就着明亮的月光和满天星光
摊开信笺，身边
仿佛簇拥着爱人与两岁的女儿
朗朗笑声，稚嫩的话语
在耳边随风飘荡

此刻，陕北延安保育院、党校
还有晋东南英雄的太行山上
一家三口，天各一方
信笺上，四个叠加的“念”字
让你的柔情跃然纸上

三天后风云突变
率部突围，你挺身而出
把生的希望送给战友
把牺牲与危险扛在自己的肩上
一发罪恶的炮弹尖叫着向你扑来
你伟岸的身躯
永远倒在十字岭上
山河失色，大地举悲
——三十七岁的年轻生命
一代抗日名将
碧血洒在抗日疆场

今天，每每走进偌大的博物馆
面对陈列室里这封，泛黄的信笺
让我一次又一次，热泪盈眶
当我们漫步街心花园
或幸福地走在上班的路上
当我们欣赏着蓝天，白云
沐浴着和平的阳光
不要忘记，岁月深处
一封家书对和平时代天伦之乐的
深情向往

歌唱英雄

致敬，共和国勋章

这是一张二等座的车票
其实，这是一张无座的补票
这是一位院士奔赴武汉的“通行证”
权且，借用餐车一角的椅子
缓解一下奔波的疲劳
八旬老人，闭目小憩
一脸疲倦的神情

这张照片，曾经
让无数国人为你落泪，疼痛
这是庚子年的 1 月 18 日
你乘坐高铁，夜驰武汉
与逃离的人们逆向而行
是你，告诉人们
“——不要去武汉！”
你却勇往直前
义无反顾
奔赴病毒肆虐的一线
用年迈的双肩
扛起救死扶伤的神圣使命

你是一名共和国院士
不，你更是一名共和国战士
在与病毒厮杀的战场上
永远是一副冲锋向前的姿势
在决战“非典”的日子里
是你出没在没有硝烟的战场
与看不见的敌人搏斗
医者仁心
大爱无疆
一个悬壶济世的形象跃然纸上

“他敢医敢言、勇于担当，
“提出的防控策略和防治措施，
“挽救了无数生命！”
在这个金色的秋天
把共和国最高荣誉
颁——授——予——你
短短的一句颁奖词
浓缩了祖国与人民对你的
褒奖

蓝天高远，秋风送爽
共和国礼兵为你列队
人民大会堂，向你张开
热情的臂膀
当你光荣地佩戴上
金光灿烂的“共和国勋章”

人民大会堂现场观众
掌声雷鸣
此刻，我听见神州大地上
十四亿同胞也
连同泰山、黄河、长江
一齐为你喝彩，为你鼓掌
致敬，医者钟南山
——共和国勋章

致敬，人民英雄

一个婉约的江南女子
面对一个个看不见硝烟的战场
你赴汤蹈火
把人类健康这副重担勇敢地
挑在肩上
一身戎装，时刻提醒你
一生追求：
“姓军为战，为国为民
“做一个为人民负重前行的人
“为人民守护岁月静好的人！”

在抗击“非典”的日子里
你夜以继日，披荆斩棘
“重组人干扰素 ω”
似一柄利剑

斩断病魔的手掌
给无数病人把生活的希望送去

当“埃博拉”病毒在远方大地肆虐时
你勇敢地站出来，你说
“埃博拉病毒
“离中国只有一个国际航班的距离。”
于是，凝聚着你的汗水与智慧
世界首个冻干剂型埃博拉疫苗
似一盏灯火瞬间照亮了非洲大地

当武汉把离汉通道关闭
是你，逆向而行
大年初二，驰援疫区
带领疫苗研发“种子选手”们
一头扎进
病原学、免疫学、空气动力学
搭建的战“疫”迷宫
快速建立病毒鉴定链条
追踪病原传播变异
面对，一处处
长长的等待检测核酸的队伍
人们，一双双渴盼核酸检测的
焦虑眼神
二十四小时，一座负压帐篷式
移动实验室
在你的手下快速建起

当《柳叶刀》向世界发布
你带领的团队研究成果
—— 一个令人振奋的消息
当全球第一个进入临床试验的
重组新冠疫苗
为中华民族大长志气
人们深深地记住了
不是在实验室忙碌
就是在匆匆赶往实验室路上的你
一位在寒冬的风里
闻令而动的女军人
一位在这个美丽的秋天
健步登上人民大会堂领奖台的
共和国女院士
致敬，医学科学家
——陈薇
致敬，共和国的
——人民英雄

旅欧、助工俭学
让一群优秀的中国人
年 月 日 星期
变成了一群建党先驱
播火人、神圣的

~~旅欧、助工俭学.~~

到西欧去.

到发达的国家去.

一群又一群有志学生 先到法国.

远涉重洋,寻求真理.

于是,巴黎、里昂、蒙达尔纪……

给中华民族青年留下了

光辉足迹.

"唤起中国人的觉醒"

蔡和森、李富春、向警予[illegible]

[illegible]

故事 —— 勤工俭学,半工半读.

在雷诺汽车厂

邓小平在这里做钳工学徒

他知道,在中国

要联系当地的劳动人们.

启航

—从上海望志路106号李公馆·到嘉兴南湖一艘红船上

那些日子里

明天的理想和信仰

漂泊在海上

一个人的命运

一部的历史，

打开了寻求道路的梦想

这是一条未来开辟的航道

这里有渔色的酒家与元年的色唱

1921年7月23日

在南方，从上海望志路106号石库门李公馆

到嘉兴南湖一艘红船上

13个共产党人印证着中国航海史上

一次划时代的远航

他们以生死落在血面上

扬起希望的风帆

湘江.

我所说的湘江
是1934年底
广西全州和湘江
界首渡口上，不时
如今军成七倒下
江面上，最惨的牌.
漂浮和翻雪，幽冥的浮笺.
和江军战士灰色的军帽
江面上，依然是古战烟
弥漫.　　~~告惹的词堂.注~~

我所说的湘江
是1934年底
界首渡口的湘江.
湘江难过飞机~~没~~有了.

第二辑

家国情怀

那些陪我成长的农作物（组诗）

小麦

当春风把麦苗从冬日
沉睡中唤醒
我的脸上便挂满了笑容
走在风吹麦浪的田间
欢呼雀跃
憧憬有馒头吃的日子
正在远方一天天
朝我走来

每当知了登上枝头哼起小曲
我便在汗水中
嗅到了小麦变成馒头
对我的诱惑
一种幸福，一种喜悦
爬上我的眉梢

那时，我和馒头
见面的机会不多
当春节来临
我的内心深处

对馒头，才会有一种莫名的
冲动

多少年之后
我在一本小册子的后记中
发出这样的疑问——
时至今日
在都市吃做工讲究的馒头
总是找不到
当年小麦收获季节
那种幸福感觉

红薯

在我们乡下
最不金贵的农作物
就是红薯了

用红薯干磨面做成的窝窝头
曾经让我吃得没有食欲
但是，我依然要把它们
种好，细心呵护它们
成长

记忆中，那些日子
每当夏季来临

绵绵不绝的大雨
总是把我的红薯地，变成
一片汪洋
年幼的我，迫不及待地
用脸盆，一盆又一盆的弯腰
把侵犯我红薯地的水舀出去
只是，放眼望去
茫茫的水面如同汪洋大海
让我一次次陷入绝望
曾经枝繁叶茂的红薯
常常在雨水的浸泡中
枯萎，死去

若干年后
当我爱人在北京街头，小贩手中
美滋滋地接过烤红薯时
为什么我的内心总有一种
恍若隔世的感觉

芝麻

芝麻最初给我的记忆是
家乡街头叫卖摊上
诱人的味道
芝麻，一粒粒附在焦黄的
烧饼上，诱惑着我

芝麻长在旱地里
生来就不是富贵的命
没有多少水来浇灌
没有多少粪肥滋养
这并不妨碍
粉红色的花朵
在芝麻秆上
一节，又一节向着阳光攀升
在一望无垠的原野上
展示自己的容颜
在秋风中吟唱自己的歌曲

当农家孩子调皮地
蹿进芝麻地里
将成熟的芝麻，轻轻地
倒入自己嘴里，咀嚼中
一股香气弥漫开来
沁人肺腑

这是冬天，村里的油坊
生意红火
石磨在磨油人手中骨碌碌地
转着，炒熟的芝麻
化为麻酱
顺着磨盘边缘，汩汩淌下
硕大的葫芦轻轻地捣在
麻酱锅里，长把油壶

把满锅的香气
轻轻地拢进油桶

一个村子人家
简陋的饭桌上
便弥漫着醉人的
芝麻香味儿

谷子

我家的谷地
在村西四五里地之外的
堤西
很难伺候的黏土地
长满了除不尽的茅草
不等我的谷子抽穗
茅草们便纷纷登场
白色的茅草花
在风中陶醉，舞蹈

当我在火辣辣的太阳下
把谷子播种下去之后
那片谷地便成了我的
牵挂
当毛茸茸的谷苗
扒开泥土

好奇地观望广袤的田野
我的眼睛里
充盈着幸福的泪花

我呵护它们在
风风雨雨中，长大
我要把稗子、茅草和各种野草
一根根剔除
让这片土地只属于，谷子们
六月六，看谷秀
在湿热的六月
我在地头看谷子们
比赛抽穗、比赛成长
一种喜悦便涌上心头

当然，更让我高兴的是
金色秋风扫过大地
谷子们便让硕大的谷穗
低下头去
向土地鞠躬，致敬

这些多情的谷子啊
当它有成就时，不忘感恩
生养它的这片土地

毛豆

毛豆，最初让我喜欢的是
它绯红色的花瓣
一簇簇开在田野上
还有，蝈蝈们在大豆地里
不停地弹琴，歌唱
引来无数农家孩子
与蝈蝈玩捉迷藏的游戏

当调皮的孩子们把
正在成长的毛豆埋在
柴火坑里
分享烧毛豆之余
一个个涂满炭灰的脸上
便洋溢开欢快的笑声

当秋风吹过这片土地
毛豆叶子变成
金黄，豆荚便在阳光下
发出咔吧咔吧的，脆响
这是它们迫不及待地
向庄稼人发出的，归仓愿望

于是，便有了冬天
炕头前，炒豆子的场面

一把炒豆子
放进嘴里
咯嘣声中，满屋飘香
幸福便挂在每个人的脸上

这天，霓虹灯闪烁的三里屯街头
煮毛豆，扎啤，还有摇滚歌唱
那是我与朋友们，又一个
春风沉醉的晚上

玉米

一棵棵碧绿的玉米苗
扎在土里，亭亭玉立
大地便充满了朝气，生机
我的玉米地啊
不止一次，吸引我
在它们面前，驻足
欣赏这样赏心悦目的
画面

玉米，这是乡下农民
一年的主粮
当然，在我年少时
能够吃上窝窝头
也是一种奢望

多少年过去了
我还记得那时
看，母亲从大铁锅上
刚刚取下金黄色贴饼子时
心情
食欲，呼之欲出
掰一块放进嘴里，脆香

当然，忘不了
夏日，在玉米地劳作
皮肤被玉米叶子
啃出道道血痕
汗水浸过之后
疼痛扑来
什么叫种地的苦
答案写在了脸上

当然，秋后农家院里
一个又一个，玉米垛
让我的乡亲满怀憧憬
远离饥荒
这是多么幸福的一幕

今天，在馒头米饭的生活中
我依然不停地往
时光深处的那片玉米地
深情张望

棉花

面对盛开的棉花
才知道什么叫洁白，纯洁
抚摸盛开的棉花
才知道什么叫温暖，柔软

冬日里是棉花温暖着我们
为我们挡风御寒
夏日里是棉花走近我们
为我们拂去淋漓的大汗

种棉花的人拥有灿烂的笑容
因为棉花的表现让他们感动
关于棉花
种棉花的人有着说不完的亲切
棉花地里有孩子们一年的学费
有年轻人娶亲的彩礼
有全家准备要盖的新房
总之，棉花地里有春天种下的
种棉花的人一年的
希望和梦想

无论年景是否风调雨顺
即便是大旱的年头
他们也要用一双肩膀担水

把棉花种上
那时，一碗水浇进干渴的土地
接着，撒下一粒棉籽
种下一棵希望
即便是大雨成灾的年头
他们也要把棉花地里的积水
一盆一盆地舀出，然后
等待秋天，又一个收获的季节来临
等待幸福的日子走来

种棉花的人总是恪守
播种，荷锄，采摘
他们坚信伺候好土地和棉花
才会得到土地和棉花的疼爱

种棉花的人很容易满足
随时可见他们幸福的笑脸
诸如看见两片嫩叶顶开泥土
蹲在地头欣赏棉花们茁壮成长的姿势

当秋风吹过田野
棉花们竞相开放的灿烂，热烈
于是，便有朗朗的笑声乘着秋风旅行
这时的棉花开始准备温暖种棉花的人们
又一个寒冷的季节

花生

花生，是在春天
用我，一个乡下十三四岁少年
稚嫩的双肩，担水
挥动搪瓷缸
一缸一缸舀水浇在土坑里
播下的种子
也播下了我的希望，期盼

所以，放学后
我常常气喘吁吁地跑到地头
欣赏我的作品
看嫩芽如何顶开泥土
张望陌生的世界与一个少年
激动的脸庞
我知道，随着季节进入伏天
高温高湿把大地魔术般
化为一个硕大的蒸笼
花生地里的野草们便趁着
夏日丰沛的雨水，疯长
这些日子里
一个少年的汗水便扑簌簌地
洒在花生地里
我甚至看见，豆大的汗珠
重重地砸在绿油油的花生叶子上

好像它疼痛地战栗了一下
霎时，花生叶子下面
细小的黄色花朵
向我露出美丽动人的笑容

如今，坐在偌大京城的包房里
在推杯换盏之际
餐桌上，一份五香花生或糖醋花生
让我仿佛又听到了
冬夜，家乡街头走街串巷
卖炒货的人
从岁月深处喊出的
一阵阵熟悉的叫卖声
“杨立顺的焦落生[①]——”

白萝卜

我喜欢看白萝卜长在
我家自留地里的样子
葳蕤一片
蓬勃着生机

秋天，曙光初照
白萝卜叶子上的露珠
晶莹，剔透

① 落生：花生的别名。

白萝卜们一个个翘起屁股
义无反顾地比赛成长
让我是如此的心花怒放
我挥动铁锹把畦垄的土
培得又高又大
好让它作为白萝卜的产床

当然，我最憎恨的是
喜欢它肥硕菜叶的菜青虫们
贪婪地把白萝卜叶子咬得
千孔百疮
也咬得我心里隐隐作痛

白萝卜于我最温暖的记忆
便是，用白萝卜和白萝卜叶子
腌制的一大缸咸菜
陪伴我一个冬天的一日三餐
干萝卜条菜团子
曾是我少年时代的美食
每当双手捧起菜团子
我的脸上便挂满了幸福的笑容
期盼有菜团子的日子
能够经常光顾我的餐桌
陪伴我和我的家人

如今，白萝卜荣升为城里人们的
一道养生蔬菜

在金碧辉煌的餐厅里
它以各种姿态，静静地
躺在精致的餐具中
让人们欣赏，玩味
但我依旧怀念岁月深处的
一个又一个白萝卜
它们陪我走过的平凡日子
或艰难岁月

大爱无边（组诗）

点赞

大年初二，清晨
金银滩医院重症监护室
你灰暗的世界，突然
照进曙光
解放军医疗队的医护人员
轻轻走近你的病床
嘘寒问暖，望闻问切
病床上，虚弱的你
仿佛在寒夜
看到了，一轮火红太阳的
万丈光芒
你情不自禁，艰难地
举起大拇指冲他们
点赞，解放军来了
我们更加坚定
必胜信心
——挺住，武汉

大爱无边

——题一幅摄影作品：一群穿着白色防护服、戴护目镜的医务工作者，搀扶着一位将要倒下的同事

她，将要倒下的那一刻
我的泪腺，崩溃了
大爱无边
原来就是她和同事
—— 一群白衣天使们
在疫情灾难面前
与死神较量
在冲锋中负伤，牺牲的
故事

要让这个瞬间场景
定格为，永恒
让艺术家手中
蘸满感情的锋利
刻刀，塑一尊雕像
立在江城最繁华的地段
当春风再度吹过
汉江和珞珈山的时候
人们才会记住什么叫
大爱无边
谁是这个世界上的
英雄

宝贝，不哭

宝贝，不哭
魔鬼病毒
不让武汉小朋友和阿姨
过年了
妈妈要出征打胜仗
除夕，贴着
大红“福”字的家门口
小姑娘再次扑进
妈妈的怀里
出征的母亲
轻轻拂去孩子眼角的
泪水
宝贝，你是军人的女儿
听外公的话
不哭，妈妈打完胜仗
陪你
再过一次年
宝贝，军人的女儿
没有泪水
不哭

二十九枚红指印

二十九枚，红色手指印

仿佛是呼吸内科
二十九个人的二十九颗红心
向组织上捧出，滚烫

疫情当前
舍我其谁
豪言壮语，出自
这支曾经转战北京小汤山
战胜“非典”的队伍
在江城武汉
危难之际
再次，捧出一颗颗红心
一份请战书上
二十九枚红色手指印
映红了这个除夕夜
病床上濒危的生命
温暖着武汉，揪心的
疫情消息

席地而卧

别打扰她们
脚步，一定要轻
在战场上，几番冲锋
耗尽了体力
沉重的防护装备还

没有来得及卸去

让她们睡一会儿吧
做个美梦
这是 2020 年的春节
这是江城武汉
八个人
休息片刻
只能，席地而卧

有谁的睡觉姿势，比她们
优美
别打扰她们
别惊扰了她们的梦乡

最美

你的样子，最美
脱下厚重的防护服
摘下口罩的瞬间
脸颊上，口罩留下的
一道道不规则勒痕
还有汗水湿透的衣背

你的样子，最美
你奔走在病房

就是天使
你来到病床前
给备受煎熬的病人
带来春天的消息
走出病房
卸下盔甲
细嫩的脸上
写下战斗的记忆

那被口罩磨破的脸颊
那一道道压痕
让这个春节期间
你的样子，最美

除夕夜，他们出征

鼠年的这个除夕夜
注定不再太平
此刻，华中武汉疫区
一双双焦灼的眼神
一副副惊慌的面孔
阻击疫情蔓延
支援江城武汉
人民子弟兵星夜行动

看，22 时 20 分
古城钟鼓楼上巨大的钟表
还未敲响新年祝福的钟声
西安咸阳机场
一架空军伊尔 –76 飞机
巨大的机翼划过夜幕下的机坪
一百四十三名空军军医大学的白衣天使
满怀信心，肩负使命
向着远方武汉
出征

除夕夜，大雨中的上海
虹桥机场无眠
一百五十名第二军医大学的勇士

穿过密密的雨丝
正在夜色中集结
战鼓声声，引擎轰鸣
出征的号令划破夜空
他们在新年即将到来之际
告别牵挂的亲人
这支能征善战的队伍
向着疫情肆虐的武汉
向着魔鬼般的新型冠状病毒
发起新的冲锋
此刻，淅淅沥沥的大雨望着远方
消失在夜色中的银鹰
仿佛仍在诉说着依依不舍之情

除夕，夜色中的山城重庆
陆军军医大学一百三十五名勇士
匆匆向夜色中的家乡告别
此刻，他们耳畔响起的是
政治协理员刘远桥同志的战前动员
“对于军人来说，
“没有节日和平时之分，
“人民的需要就是命令！”

除夕夜的寒风中
祖国四面八方
到处响起出征的号令
到处是依依不舍的送别情景

妻子为他再整理一下作战行囊
依然不忘再三叮咛
“放心家里，
“有我守护，
“祝你们旗开得胜！”
丈夫为她壮威助行
一个拥抱，胜过万千话语
饱含无限深情
贴着大红“福”字的家门口
小姑娘再次扑进妈妈的怀抱
出征的母亲
再次把小姑娘紧紧地拥进怀中

此刻，夜色中
回响起集合的号令
看，火红的战旗在夜风中迎风招展
一架架军机在夜色中呼啸起航
飞向江城武汉
一架架军机承载着
人民重托，光荣使命

夜半时分
江城武汉，街头上闪过一队队
逆行者的身影
这是一群冲向疫区的白衣天使
这个除夕夜
将永远定格在他们不平凡的军旅人生

家乡纪事（组诗）

又见炊烟

又见炊烟
在夕阳里
淡蓝色的梦升腾着
一缕　一缕
一处处平房小院
一盏盏明亮的灯火
一个个开心的话题
进来的
出去的
都是城里来的客人
欢欢喜喜地来
带着满意回去

曾几何时
这里的农民们面向土地经营沉重的日子
如今“农家饭”闪亮登场
农家的生活便平添了几分轻松
几多惬意

旅游经济
让乡村甩掉了贫穷的帽子

庭院经济
让人们享受到了农家生活——
崭新的情趣
农家游　农家饭……
与其说是这些农民们接待着一拨拨客人
不如说是农民们在接待着一个个欢喜

今夜可有长长的故事在孩子们的心里流淌

乡下老人们的故事
就是我们乡下孩子们的大片
多少神秘
多少侠义
在老人们的故事中
跳跃
然后，让我们发呆
让我们痴情地，张望
遥远的年代
那扑朔迷离的往事
古老的清真寺
沧桑的城垣
传奇的石牌坊

于是，我们发愤读书
读许多许多的书
直到有一天

我们离开乡下这片土地
走进城里
走进高等学府
我们开始演绎更多更好听的故事
让城里的孩子们
让城里好奇的人们
向往
我那个遥远的乡下
我那个魂牵梦绕的地方
那个给我梦想
给我野心的
——故乡

今夜，坐在电脑桌前
我奋力地敲打着键盘
我放飞奇异的梦幻
我经营诡谲多变的遐想
我要让更多的人和乡下的
一如当年我一样的孩子们
一起
从童真出发
去培植好奇与向往
去收获智慧与理想

啊，故乡
今夜可有长长的故事在孩子们的心里
流淌

拳师马永贞[1]

穷苦人家的孩子
孤儿马永贞
在穷得叮咣作响当中
在流浪的街头上
不忘时常练练拳脚功夫
好让自己穷得有骨气

于是，平常的日子里
东家一碗
西家一勺
对于孤儿马永贞来说
接济的是力气
是顽强的生命力
是对生活万花筒般的希望

只是，穷苦孩子享受着恩泽
便如雨后荒原上的野草
疯狂地生长
长成了一身武功的汉子
长就了一副不弯的铮铮铁骨

---

① 马永贞，清朝末期武林豪杰。据民国二十六年（1937年）山东省《邱县志》记载，马永贞为该县陈村人，回族，自幼丧失父母，后逃荒在外，并在上海滩习武、办武馆，打败了称霸上海滩的洋人大力士，为中国人争了光，后被他人收买的杀手所害。20世纪80年代香港电视连续剧《马永贞》曾风靡一时。

于是，在大清王朝后期的一天
青年马永贞从鲁西的荒凉出发
浪迹天涯
直到有一天
一头撞进大上海
扎根在上海滩上
拳师马永贞
渐渐被故乡遗忘在
民国二十六年山东省邱县[①]的一册志书里

若干年后
当我从一部香港电视剧中
目睹你的风采
我是多么自豪
不仅仅因为你的拳脚功夫
你是爱国者的榜样啊
当人高马大的洋人在你面前
一败涂地
你是多少人心目中的英雄
你成了鲁西这个回族小村的骄傲
你成了一个乡下少年心中
永远的偶像

---

① 邱县：原为山东省，抗战胜利后划归为河北省。

河州彩陶（外二首）

轻轻，轻轻地拂开
泥土
这些在地下沉睡已久的
黑色、红色的陶片，穿越
五千年中华文明的隧道
照亮我的视野

读这些不规则的陶片
我仿佛听到山间小溪
在欢快地弹琴歌唱
凝视陶片丰富多彩的图案
我仿佛看到
波光粼粼的河面上
鱼儿在自由飞翔

轻轻，轻轻地捧起
这些残缺的陶片
我的耳畔，响起
来自郭沫若先生的
一阵阵赞叹

临夏花儿

花儿是一抹
洒在山坡上的金色霞光
花儿是一条
在山间奔跑的小溪
花儿是一缕
拂过面颊的春风
花儿是一阵
说不完的暖心话语

花儿在松鸣岩上奔跑
花儿在莲花山下聚会
唱花儿的姑娘越唱越美
听花儿的小伙儿越听越醉

来到临夏
我想采一朵花儿
伴我孤独的心灵
旅行

马福禄[①]

那弥漫的硝烟
已消失在历史的天空

此刻，伫立在正阳门
高大的城门楼前
我仿佛听见
枪弹呼啸，战马嘶鸣
面对八国联军的炮火
一个叫马福禄的将军
利剑出鞘
于是，“简练军”一支支老式滑膛步枪
从青砖垛间的射击口喷出仇恨的子弹
一门门老式中国大炮
向敌营发出恐怖而深沉的吼声

今晚漫步正阳门前
透过斑斓迷离的霓虹灯光
倾盆大雨中
坍塌的古城墙上
马福禄将军挥舞战刀的身影
和猝然中弹倒地的姿势

---

① 马福禄（1853—1900），回族，甘肃省临夏人，清光绪二年（1876 年）中武举人，清光绪六年（1880 年）中武进士，1900 年 8 月在率部抗击八国联军入侵北京的战斗中壮烈殉国。

给庚子之役涂上一层

悲壮的色彩

也让这青色的城墙

变得如此高大，庄严，凝重

噩梦金陵

——南京大屠杀 80 周年祭

有谁能忘记那段历史
有谁能忘记这个日子
公元 1937 年 12 月 13 日
金陵古城，笼罩着一片血腥

夫子庙旁，血流成河的地上
小姑娘瞪着一双哭红的眼睛
“妈妈——
“妈妈——
“——你醒醒！”
这天，中华民国首都南京
铅弹如瓢泼大雨般凶猛
“噗噗噗——”
射穿了一个个血肉之躯
它不管，你是
走在街头的学生
小贩，商人
还是已经手无寸铁的士兵

有个诗人曾经描述
这天的狂雪

自金陵的天空，飘落
这飘雪的天空，怎么还
下闪着寒光的杀人的刀子
下夺人生命的子弹
还下满城撕心裂肺的叫声
我们的同胞啊
当年这些可怜的中华民国国民
就这么被枪刺上挑着“东亚共荣”
太阳旗的鬼子兵们
肆意蹂躏
肆意剥夺生命

看看吧，这是怎样的屠杀
曾经繁华的大街上
一幢幢古老的民房化为焦土
扬子江边，一具具尸体横陈
江水，被尸体浸泡得血红
枪刺上哇哇的叫声
枪刺上汩汩淌下的鲜血
刺痛了人类文明的神经

若干年后，走在金陵城里
肃穆的纪念碑
仿佛又让我走进了
那个让中华民族刻骨铭心的日子
耳畔，仿佛又响起
“哒哒哒——”
令人战栗的枪声

雪中小唱

村边
柳树林
谁扬起的雪花
轻轻地落在我的脸上
多少乡下孩子的乐趣
和这漫天的雪花一起
轻轻飞扬

身后是谁的声音
在把我们儿时的童谣哼唱
一阵阵熟悉的童声
在旷野里随着飞舞的雪花
飘荡
让我们聆听
让我们冥想
让我们的心儿四处流浪

回首张望
一户户农家小院藏在
皑皑白雪深处
炊烟正袅袅地在蓝天上徜徉

乡村电工老李（外一首）

电工老李是复员兵
干活像打仗，像当年
边境作战时
迎着枪林弹雨，冲锋

我扔掉墨水瓶制作的
煤油灯
是乡村电工老李
给我送的，光明
那时，老李在我的心目中
很是威风
他屁股后面
牛皮制作的工具套
诱惑着我
让我，暗暗发誓
将来长大了
一定要当一个乡村电工

每天，老李爬上爬下
就有了乡村夜里，街头上
一盏盏明亮的路灯
电工老李抽烟很凶
尤其是，从电杆上下来后

他能坐在地上
鼓起腮帮子，连抽三根
在吞云吐雾中
他会眯起眼睛
欣赏自己的杰作
——又给一户人家送去朗朗笑声
电工老李发脾气也凶
在处理偷电问题上
他唱的是黑脸包公
一次，电工老李的舅舅骂他
六亲不认，目无尊长
老李却说，交了罚款
你还是我老舅

几十年过去了，电工老李
早已不干电工了
几天前回到乡下
我见到，街头上
一个晒太阳的老人
一个眯着眼睛看太阳的老人
村里人说，那就是电工老李

巡线工的四季

在连绵起伏的山地上
一座座铁塔巍然耸立

一条条银线伸向远方
两个巡线工，便是
这条两万米线路的保姆
辛勤伺候，呵护平安

当然，春天便有无数风景
伴他们巡线
脚下，一朵又一朵
黄色、红色、白色的野花
追随着他们的脚步
一路绽放

夏天，驱赶不走的永远是
叮咬的蚊虫
火辣辣的太阳
这时，大地上的植被
借力雨水，高温
疯狂成长
钩镰，成为最好的助手
清除前进的路障

秋天，巡线的路上
是一幅丰收的画卷
火红的高粱
金色的谷穗
游走在大地上
他们充满幸福

为劳作的人们送去光明
让村头打谷场上的
脱粒机引擎高唱

冬天，寒流铺天盖地
滚滚而来
他们便艰难地跋涉在
深一脚浅一脚的雪地里
爬上三十米高的铁塔
耳畔，是寒风的尖叫与战栗
爬下铁塔，手机
铃声响起
是妻子祝您生日快乐的彩铃
还有，三岁儿子稚嫩的
祝福话语

Date / /

花生

花生，是在春天

我同乡一个十三四岁少年

稚嫩的双肩，挑水

（再）同播着红的水浇在坑里

种下的种子

也种下了我的希望，期盼

所以、放学后

我常迫不及待地跑到地头

看我的作品

看嫩芽如何顶开泥土

张望陌生的世界与（一个）少年激动

的笑脸

Date　/　/

我把畦埂的土培得且宽且高
好让它作为萝卜舒适如意的产床。
当然，我最憎恨的是
喜欢吃碧绿菜叶的菜青虫
常常贪婪地把萝卜叶子咬得
千孔百疮
我只能把这些可恶的虫子当作我们的美食。
在我放学之余
便把萝卜地当作阵地
一直守到天昏地暗
看不到虫子们的踪影

Date / /

给[illegible]成书上的

29救，12拯命。

若有成、不安全、出状况。

你们说 是生死的时候

2/15

29个人的[illegible]

同学[illegible]救出

退后

，抢出，滚烫。

医师当前。

今我有信。

第一时间确定安全管理

那时那些人的正直。

记得

在这以后，看到[illegible]。

泥崖

再次，抢出一是12人。

29救12抢命。

从而挽救生命。

[illegible]

12 [illegible]

[illegible]

29枚红指印

~~29枚红指印~~

仿佛是跳动的烛火

29个人和12个

向里面摁出，滚烫

~~那是对自己的生命~~

但暖着我们，摁××

春的消息.

春的号角

今都整体.

[illegible]

[illegible]

同时和出的孔[illegible]

[illegible]

[illegible]

再次，摁出一串12个.

一份请战书上

29枚红色手印指

映红了这个[illegible]

最美

你的样子，最美。
脱下厚厚的防护服
摘下口罩和眼罩的
脸颊上，口罩留下的
一道道不规则勒痕
还有汗水湿透你的衣背
你的样子，最美。

你走进的病房
就是天使来到
你走进病床
你把病床上焦急的
病人，带来[illegible]喜的消息。

走出病房
卸下盔甲
回到妈妈的[illegible]

留下战斗的记忆
那被口罩紧贴的脸颊
那脸上一道道压痕
让这个春节期间的你
样子，最美。

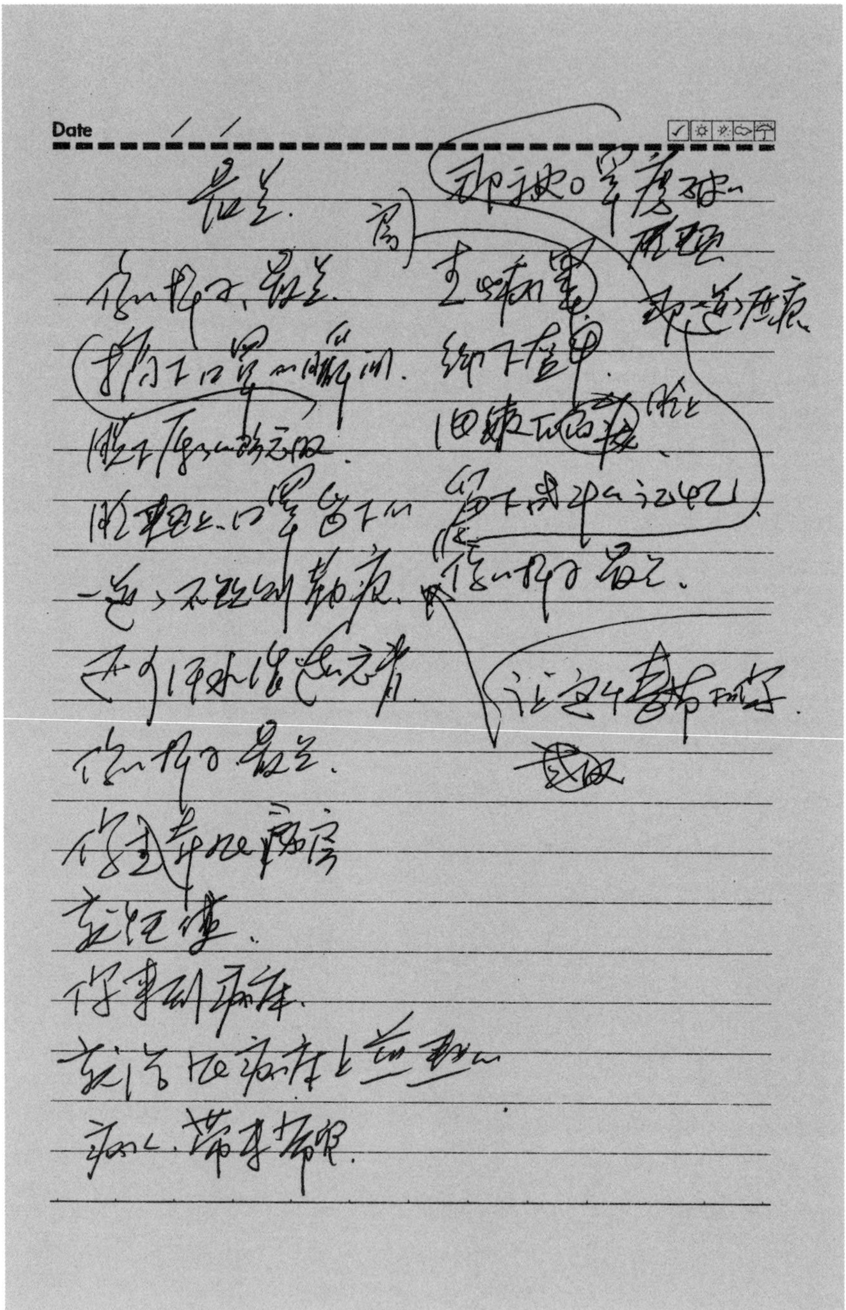
Date

第三辑

神州处处

波澜壮阔的画卷（组诗）

——写给改革开放四十周年

四十年，道路曲折，坎坷，艰难
四十年，风雨兼程，一往无前
让我们把目光定格在
1978 年的岁末，中国
改革开放的号角
在人民大会堂吹响
渔港，山寨，都市，边塞……
一座座新城崛起
高桥飞架，一条条钢铁动脉
横贯南北东西
神州大地上，一幅
波澜壮阔的画卷

沿海，十四个港口城市

把这十四个港口城市
用条丝线串起来
这就是佩戴在
祖国胸前的，一条
珍珠项链

向世界，敞开怀抱
十四个沿海港口城市
率先走进
祖国改革开放的春天
看，从鸭绿江畔
到北仑河口
一万八千公里的海岸线
不正是绵延一万八千公里的
黄金海岸

曾几何时，许多港口城市
默默地在时光中打发着
寂寞岁月
每天，任潮涨潮落
一枚海螺栖息在沙滩上
不曾吸引一丝惊喜的
目光
海浪，轻轻地亲吻着
岸边的礁石
不曾留下一句美丽的诗行

今天，这些港口城市
终于送走了，寂寞
岁月
它们抬起头
唤醒沉睡的，伙伴
看，崭新的航道

迷人的远方
迎着改革开放的春风
一起起航

马胜利[①]
——承包国有企业第一人

阳春三月
你用贴在厂区大门上
薄薄的一张，纸片
撬动了国有企业体制
这块板结已久的土地

马胜利，你用多大的勇气
向国有企业的昨天
挑战

你是一匹黑马
在改革开放步履艰难的岁月
你冲上舞台
把一个奄奄一息的国有造纸厂
从病魔手中救出

三十六计，七十二变
兵法经典上的这些智慧

① 马胜利（1939—2014），回族，河北省清苑县人，著名企业家，有“国企承包第一人”称号，原石家庄造纸厂厂长，两次荣获全国五一劳动奖章。

让你驾驭着石家庄造纸厂
这驾马车
走过颠簸、狭窄的道路
向前，飞奔
一路汗水，一路惊险
飞奔，向前
走进开满鲜花
铺满红地毯的殿堂

从此，铁饭碗、铁工资
成为往事
掌声，笑脸
伴着轰鸣的打浆机
和源源不断发往各地的订单
演讲，承包，签约
马胜利，造纸行业
一根神奇的，救命
稻草
你书写了造纸行业的神话
——中国马胜利造纸集团

倒闭

——致敬沈阳防爆器械厂

那时，人们没有听说过
倒闭，这个词

没有人想到
哪一家企业会倒闭

1986 年的秋天
一阵无情的秋风
让沈阳防爆器械厂
这朵曾经盛放的鲜花
黯然，凋零
职工内心五味杂陈
前方的路，瞬间消失
无奈，迷茫
谁能给他们一个答案
为他们立一个路标
指明生活的方向

这是秋日的一天
他们犹如走进一个寒冷的冬天
沈阳市迎宾馆
宣布破产新闻发布会上
与会工人们
个个身上戴着的白纸花
不就是一朵朵雪花吗
市政府，企业破产通告第一号
自主席台上麦克风向台下吹来
像一阵阵寒风
令他们在这个秋天
打着寒战

摸着石头过河
探索的路上
有无奈，失意
这些改革开放道路上的
先行者
用他们的失望，沮丧
甚至牺牲梦想
让企业改革这艘巨轮
在风雨中
向着远方，启航

博鳌印象

走进博鳌
走近一扇欣赏风景的窗前
头上，鸥鸟与游船嬉戏
脚下，海浪追逐着沙滩
椰林多么热情地鼓掌
万泉河水为你拨动着琴弦
小摊前，冻粉诱惑着人们的胃口
嘉积鸭让人们流连忘返
喝上一碗醇香的
鸡屎藤粑仔汤
日后，让你把这个遥远的小镇
思念

在博鳌，迎面走来的是
一张张各种肤色的笑脸
不同的语言从耳畔飘过
街头，无数色彩缤纷的国旗
在明媚的阳光下迎风招展

走在博鳌大街上
我仿佛看见
拉莫斯与霍克，诸多国际政要
围坐在宽大的会议桌前
谋划亚洲乃至全球的明天
我仿佛听见讲台上，聚光灯下
盖茨先生，慷慨激昂的发言
走进博鳌
感受人们追逐幸福的脚步
聆听世界向贫困与落后宣战

万泉河畔的小镇
博鳌，一个响亮的名字
吸引了全球无数的目光
赢得了多少赞美的诗篇

京广高铁

当那个皮肤黝黑
戴安全帽的农民工

给钢轨
用力拧上，最后一颗螺钉
“复兴号”在春风里
向北京满天的朝霞，挥挥手
向南
箭一般奔去

这时，伸向远方的
两条钢轨一起，朝
向它们
扑来的车轮，发出
“嘘，小声点——”
于是，车轮
与道轨变得温柔起来
它们好像交谈着什么秘密
携手，奔向南方

嗖嗖的风，在车窗外说
要和你一路同行
金色霞光，追随着你向前飞奔
好像对你充满蜜意柔情

黄河说，你是中国的
一张名片
乘着清晨凉爽的风，向前跑吧
南国果园里
挂满露珠的荔枝、龙眼

站在枝头上，等你接应
长江热切地把你迎来
又恋恋不舍
目送你远去
长江读不懂你
为何每日来回穿梭，行程匆匆
当落日余晖洒向广州
珠江，深情地把你揽在
怀里，珠江知道
不久，你又要向着远方北京
起程

夜晚，申奥成功

谁说莫斯科不相信眼泪
我看见，十几亿中国人
幸福的泪花
把置身于莫斯科国家大剧院里的
每一个人，感动
当萨马兰奇老人激动地重复着：
“**BEIJING——**
“**——BEIJING**”
我看见古城北京
一片沸腾

看吧，这是一个怎样的申奥之夜啊

绽放在世纪坛夜空
一簇簇缤纷的礼花
飘荡在天安门前
一浪高过一浪的歌声
霓虹闪烁的三里屯、什刹海、女人街……
酒吧的香槟热烈喷涌
报纸号外
硕大的红色通栏标题
重复着亿万人们共同的心声
庆——祝——申——奥——成——功
看吧，这是一个怎样的申奥之夜啊
街头，敞篷汽车上
舞动的红旗似团火焰
街巷，楼宇，社区，军营……
巨大的热情弥漫在城市的上空
长安街上
小伙子奔走相告尽情狂欢
广场上
姑娘们欢快的舞步肆意“发疯”

啊，祖国
请允许他们今夜尽情地歌唱
请允许他们今天如此的放纵
今天是中华民族的盛大节日啊
今天，中华民族圆了期待百年的
——奥运之梦

香港回归印记

维多利亚港湾
一个带有殖民地色彩的名字
在 1997 年 7 月 1 日 0 时 45 分
“不列颠尼亚号”皇家游轮
不得不落魄地驶离，它的怀抱
此刻，游轮载着彭定康[①]
和一段被鸦片与炮火熏黑了的
历史，消失在茫茫夜色之中

当国歌在维多利亚港湾回荡
当国旗在香港会展中心冉冉升起
敬爱的小平同志，此刻
一定很欣慰
因为历史不会忘记
1984 年 12 月 19 日
您与撒切尔夫人的一次对弈
您从容不迫地打出的那张
“一国两制”牌
让眼前这个傲慢的
英格兰女人，那么失意

1997 年 6 月 30 日 20 时 20 分
当第一辆中国军车

---

① 彭定康（1944—），英国保守党资深政治家，香港最后一任总督。

驶过皇岗口岸
历史，揭开了划时代一幕
一个半世纪来，中国军人
首次踏上香港——
这片中国的国土
列强的坚船利炮
从此，走上了一条不归之路

米字旗终于低垂下，曾经
高昂的头颅
五星红旗在香港大地上
迎风招展
1997 年 7 月 1 日 0 时 0 分 0 秒
这是一个多么令人难以忘怀的时间
站在维多利亚港湾之畔
我看见中国，沸腾了
我看见今夜
中国无眠

小岗村，鲜红的指印

1978 年底的一个夜晚
皖东北，凤阳县小岗村
一间破草屋里
以生产队长严宏昌为首
十八个农民

十八双惶恐不安的
眼神
在昏暗的煤油灯下
面对从小学生练习本上
撕下的一张，纸片
—— 一份“生死契约”
神情紧张地摁下
十八个，血红的指印
他们，为了温饱
发誓
共担坐牢的风险

从此，小岗村农民
敢为天下先的精神
掀开了，中国农村
改革的大幕
席卷全国的
土地承包责任制
让农民摆脱了，贫困
丰收的粮仓
盛满了笑脸
黄河上下，大江南北
农民成了土地的主人
土地，向农民捧出了丰收
土地在农民手中
焕发青春，生长着希望
蓬勃生机，欢声笑语

在田间地头
向着一望无际的，远方
蔓延，流淌

武汉来了格里希①

“九州通衢”总爱爆出新闻
当新军的枪声，惊醒
故宫的酣梦
黄龙旗被无数双布鞋踏过
喘息，望着大队人马的尘埃
向远方，无可奈何
而你从几万公尺的上空
俯瞰这片土地时
激动过吗，格里希先生

你脚下的城市是武汉呀
三镇最爱风流
在武汉，你当了中国工厂的
厂长
在社会主义的
中华人民共和国国土上
你该荣幸，格里希先生

① 格里希（1919—2003），即威尔纳·格里希，德国人，1984 年武汉市政府聘请其担任武汉柴油机厂厂长，曾获我国政府颁发的“友谊奖”，并被授予武汉市“荣誉市民”。2018 年 12 月，党中央、国务院授予其中国改革友谊奖章。

因为，这片土地
又给了你一次年轻的机会

当机器引擎欢快地在车间
放声歌唱
当那每分钟数千转的转子
在你面前展示出
迷人的酒窝
你没有激动
思维神经张开密密的网
捕捉每个惊人的瞬间
站在现代化流水作业线的一端
你仔细地擦拭着
这部机器上的每一个部件
让它们为你演奏和谐的乐章

媒体聚焦，大幅图片，醒目标题
你成了中国报刊风云人物
——年度十大新闻
有人说，你
一个外国老头
用你的存在证明了
中国，这一处开放的土地
能培植出任何一种硕果

别了，农业税

村口，枝头上忙碌的喜鹊
衔来缕缕霞光
一辆辆满载着丰收的板车
从四面八方走来
汇成一条河流
浩浩荡荡的交公粮
大军，走在通往公社粮站的
路上

秋风中，汗水挥洒
老队长用搭在肩上的羊肚子
毛巾，往脸上一擦
“跑起来呀——”
乡间的土路上
板车，吱吱扭扭
奏起一支欢快的合唱
——光荣，自豪，骄傲
写在每个人的脸上

时光荏苒，今天
又是一个
中央一号红头文件
取消农业税
减轻农民负担

这是新年祝福声中
送给乡村一家一户，硕大
红包，透着喜庆、吉祥
村头，大喇叭里一阵阵喜讯
和着路边枝头上
喜鹊欢快的叫声
这喜讯，乘着公元 2006 年春天的风
走进千家万户
这喜讯，让在田野中劳作的农民
纷纷直起腰身，向北京
向着远方
热泪盈眶

在中国，2600 多岁的农业税啊
永远走进历史的深处
在教科书中，散发着
油墨的馨香

蔚州古堡（外二首）

在蔚州高低起伏的大地上
缠绕在壶流河边的
一座又一座古堡
是一道独特的风景

黄土夯就的古堡
历经几百年风吹雨打
虽然颓圮、坍塌
依然透出一种古韵，古风

站在古堡上远眺北方
影影绰绰的山峦
仿佛飞扬的尘土
正自远方迎面扑来
耳畔响起
叩击大地的一阵阵马蹄声

蔚县剪纸

金鸡引颈高歌
唤醒太阳
牡丹盛开
托举起春天

鱼儿欢唱
拍打着朵朵浪花
万马奔腾
拥抱着无垠的绿色草原

一把刻刀
寻觅着生活中的笑脸
一把刻刀
追逐着百姓们的梦想和期盼

打树花

没有比这更热烈的花朵
没有比这更震撼的怒放

夜色中，迎着朔风
你用炽热的铁水
在冰冷的城墙上
抒情，挥洒
朵朵璀璨的火花
在夜空中舞蹈
装扮着小镇的节日

恒山脚下
这是一个叫暖泉镇的地方
夜幕上绽放的金色树花
寄托着庄稼人多少美好向往

捡栗子的女孩（外二首）

一颗，又一颗
板栗，被她从草丛中捡起
一份，又一份
甜蜜，被她收藏在心中

山坡上
风轻，云静
一个捡栗子的女孩
在追逐着她幸福的梦

风说，咱们把脚步放轻
别走进女孩的梦境
云说，咱们把脚步放慢
好让女孩把这份凉爽享用

夕阳中
山路上
满载而归的捡栗子女孩
把怀九河的秋天装点得更加生动

龙凤松

一株是龙
一株是凤
走过五百年风雨
手牵着手
肩并着肩
依然充满深情

阳光下
一起畅想
在风雨中
相互叮咛

什么叫互相恩爱
什么叫忠贞的爱情
让我们站在龙凤松下
向一对情侣致敬

景区导游

灏明湖的清水
辉映着她们的明眸
鹞子峪隘口上的风声
念叨着她们的行踪

对这里的一草一木
她们了如指掌
对这里的山山水水
她们充满了深情

朗朗笑声感染着游人
引人入胜的解说牵动着游人的神经
九渡河畔，水长城上，板栗园里
到处闪动着她们的身影

景区的导游姑娘
谁不说她们也是一道靓丽的风景

紫藤花瓣轻拂脸庞

——写在纪晓岚[1]故居

春风拂面
紫藤花怒放
在青砖灰瓦的故居门前
我沐浴着来自历史深处的
阵阵芳香
微风吹过
紫藤花瓣轻拂我的脸庞

徜徉在故居
青砖铺就的
斑驳的甬道上
一阵阵朗朗的笑声
在耳畔回响
多么惬意的开怀大笑
这笑声，只能来自
心底无私，圣洁，高尚

当然，我还看见两个
身着古装的身影

① 纪晓岚（1724—1805），直隶河间府献县人，清朝礼部尚书、协办大学士、太子少保，其文采出众，曾任《四库全书》总纂官，著有《阅微草堂笔记》《纪文达公遗集》等。

在紫藤下，进进出出
还有阅微草堂主人
投向他同僚的鄙夷的目光

蓝天高远，阳光明亮
紫藤花在故居恣意开放
走在一袭布衣的纪先生身旁
我浑身充满了正气和力量

每每来故居拜访
仿佛接受一次圣洁的洗礼
让心灵痛快淋漓地沐浴一场
故居，总是弥漫着
阅微草堂散发出的
沁人肺腑的
书香

街上印象

我们朝前走着
前方广告牌硕大而鲜艳
太阳披散着金色长发
法国梧桐裸露着肢体
在朔风中摇晃
一张张熟悉而又陌生的面孔
车队再一次涨潮

我们朝前走着
水泥路面任性地在我们的脚下延伸
普通话　四川话　河南话
撞进我们的耳孔
——这是中国的心脏
王府井
长安街
天安门广场

我们朝前走着
身边走过的每一位都很靓丽
微笑像一朵花挂在那个女孩的脸上
商场的橱窗总像个新嫁娘
新潮时装总在这里开始流行
犹如西北风

旋起迷人的音响

朝前走去
我们挽着朔风
街上的风　很柔
阳光很亮

风吹麦浪（外一首）

夏日，辽阔的天空
平静，明亮
冀南平原大地，洒满
绸缎般金色的阳光

站在村口，向远方眺望
金色的麦浪，翻滚着
奔向远方
这是五月，走进田间地头
耳旁，一阵阵
麦穗膨胀、炸裂的脆响
空气中，弥漫着醉人的
麦香
银雀在蓝天
开心地歌唱
微风中，大地上
展开一幅丰收的景象

这是五月，庄稼人
走进麦田
脸上，洋溢着幸福
汗水浇灌的大地
向他们捧出丰硕的果实

还有什么，比这
更让人自豪，更加高尚

这是五月的冀南平原
金色的田野，一望无际
大地上，流淌着歌声
熏风吹动着麦浪

我的故乡啊
土地上忙碌着勤劳的人们
是你，把我的心灵滋养

初夏

初夏的清凉
是村头池塘中
微风吹动
碧绿的荷叶上滚落的
水珠

初夏的清凉
是山脚下，匆匆奔跑的
溪水，撞击在石头上
溅起的，一簇簇
浪花

初夏的清凉
是夕阳余晖里
荷锄而归的，庄稼人
赤足走在田埂上的
剪影

初夏的清凉
是庭院中，迎风而立的
枫树枝头上
一声声脆亮、欢快的
鸟鸣

南方，我冬日的南方

——致友人

在寒风凛冽的北方
我怀念南方的冬日
在江边，看浪花追逐着浪花
向远方跑去
在山上，看翠绿掩映着翠绿
消失在淡蓝色的雾里
脚下，火红的杜鹃花悄悄地开放
身边，芭蕉阔大的叶子写满了生机
云雀在蓝天里歌唱
锦鲤在池塘中嬉戏
当然，还有金色的阳光
藏在老榕树的背后
让我领略什么是温暖
一缕缕阳光把我
带进明媚的春天里
即使，有一段充满伤感的别离
也让我至今
对冬日的南方充满向往
眼前，总会飘过那些熟悉的身影
耳畔，总会响起那段让我怦然心动的
旋律

写给未来

置身钢筋水泥的都市
每天在人海里穿行
多么渴望，挥手告别
都市的喧嚣与车水马龙
汹涌的机动车尾气
穷追不舍的霓虹

放下各种会议通知
放下桌头嘈杂的文案
在一个霞光满天的早晨
沐浴着徐徐拂面的清风
伴着耳畔动听的鸟鸣
来到故乡田间地头
与禾苗厮守
什么理想，爱情
什么职场，项目工程
让羊群在河边悠闲地啃食青草
让野花在脚下竞相开放
给这个春天
捧出一派，姹紫嫣红
阳光，把金色长发舞动
茅屋上爬满青藤
山坡上，汩汩清泉

弹琴歌唱
炊烟来自灶膛的柴火
在蓝天白云下袅袅升腾
几只调皮的家兔
在身边奔跑跳跃
鸡群在身边觅食，撒欢
甚至，引颈高歌
大黄把尾巴在眼前摇晃不停

村头，池塘边
垂柳依依，一派葱茏
“嘎嘎——嘎嘎——”
是谁在头上发出清脆的喊声
抬头望，蓝天白云下
一队大雁向着远方
徐徐飞行

妙峰山的玫瑰（外一首）

来妙峰山
我不是为了登高
也不是为了祈福上香

我慕名而来
是为了涧沟村玫瑰谷
那一望无际的花海
那沁人肺腑的芬芳
它让我迷恋，陶醉
——心旌摇荡

来妙峰山
我要采一朵玫瑰花
带在身上
趁着花朵挂满露珠
天空洒满霞光
我凝视着晶莹剔透的
粉色花瓣
轻轻地将它
捧在手上

我来过妙峰山
徜徉在玫瑰的海洋

沐浴着扑面而来的热情
我曾为它热泪盈眶

在马致远[①]故居

韭园
京西古道
一个颠沛潦倒的老人
一曲《天净沙·秋思》
让后人记住了
小桥　流水　人家

夕阳西下
我走进故居
我拜访院内默默不语的老人
我抚摸着
石槽边那匹
瘦骨嶙峋的老马
可曾记得那——
枯藤
老树
昏鸦

① 马致远，字千里，号东篱，元代戏曲作家、散曲家、散文家。与关汉卿、郑光祖、白朴并称“元曲四大家”。

我是朝阳群众（朗诵诗）

每天，迎着霞光
走在 CBD 商务区的楼宇之间
看阳光把一扇扇窗口叫醒
看风儿摇动银杏树叶金色的风铃
脚步匆匆
一脸笑容
大街上有什么风吹草动
总是逃不过我的火眼金睛
您问我是谁
我是朝阳群众

每天，目送落日余晖
从亮马河畔一幢又一幢高高的楼顶
慢慢滑下山去
看一盏盏灯火睁开明亮的眼睛
看一河灯光
照亮身边流光溢彩的风景
走在人声鼎沸、霓虹闪烁的街头
穿梭在使馆区
听耳边各国语言相汇交融
您问我是谁
我是朝阳群众

在社区垃圾分类站
我悉心指导居民们投放垃圾
厨余，放进绿桶
可回收，放进蓝桶
其他，放进灰桶
有害垃圾，放进红桶
各类垃圾有了去处
就会变废为宝，环保节能
不怕脏，不言累
每天播撒绿色理念
吹送文明春风
您问我是谁
我是朝阳群众

每天，我们用脚步
丈量老百姓们的安宁
无论是朝阳门外街坊们居住的老胡同
还是奥运村场馆现代化高档社区
谁家有烦心事宽慰几句
谁家有困难送去邻里关爱
让大家沐浴这片天空里
温暖的冬日阳光
让大家陶醉于朝阳大地上
和煦的春风
您问我是谁
我是朝阳群众

街头，社区服务站
您可能看见我的身影
路边，志愿者服务岗
您可以看见我的笑容
有时，我胳膊上佩戴红色袖标
向人们宣示我肩负的使命
有时，我就是街头茫茫人海中
一个普通的面孔
但是，我依然把百姓平安记在心中
您问我是谁
我是朝阳群众

暴雨中，您可能会看到我
奋不顾身的身影
大风中，您可能会看到我
依然走在街头巷尾
百倍警惕，目光炯炯
任凶猛的雨水抽打着我
疏通下水道
防止居民小区积水
任狂风野蛮地推搡着我
提醒路人防止高空坠物
把百姓身边危险一一清除
给百姓们送来一份安宁
您问我是谁
我是朝阳群众

我就是，这样的一群人
有时，您见到的是上年纪的老大爷
有时，您见到的是热心的老大妈
有时，您还会看见是一个少年的身影
当然，我们这群人中也不乏年轻的美女
总之，走在朝阳区的每一个地方
都有我们在守望百姓幸福
在用辛苦与奉献
呵护百姓们甜蜜温馨的梦境
您问我是谁
我大声告诉您吧
——我是
朝
阳
群
众

第四辑

晨光呓语

星星、童话与我们

那颗星星为什么一去就不复返了呢
那颗亮灿灿的小星星哟
你可看见我飘飞的缕缕思恋

正是春雨潇潇
梦也飘飘的季节
我的泪水冲塌堤岸
那颗星星远去就远去了吧

我坐在菩提树下开始思念
思念遥远而又亲切的日子
我的手颤抖地抚摸着你
你的馨香
你的温柔

那颗星星已成了昨天的童话
我就给你讲童话吧
就像昨天望着阿姨那片静静的湖
今天明天也一起走进童话
只是这童话披着黑色的衣衫

那颗星星从蓝幽幽的夜幕上陨落了
我和你依然朝前走着
把我们缀在夜幕上吧
你与我不是要发光么

回归

那就是我呀

看见了吗
在婀娜的柳树的梢上
那星星点点的黄
沐浴着春风　舞来舞去

看见了吗
在湖边的堤上
那星星点点的绿
悠闲地晒着太阳

看见了吗
在园丁们辛勤的汗水浇灌下
那星星点点的红
羞答答地与你对望

那就是我呀
历经风雪之后
又回到了你们的身边

忠贞不渝的爱
游走在春天的熏风里

呓语（组诗）

冬夜

脚下的积雪咯吱吱地呻吟
远方的路灯经营着
惨淡的光
朝前走
温暖遥远　依旧是
残歌凋零
闭上眼睛
让心长出无数的翅膀
无数的渴望如太阳光芒般
辐射
想象你从风雪中走来
与你的渴望一起
渴望有两片绿色的叶子
温暖朔风
温暖残酷的季节

小站

小站到了
让我们分手吧

既然　在一起我们注定
要有许多烦恼
天空布满雾霾

分手
在这个小站
让身边这棵白杨作证——
曾经有爱情燃烧过
曾经也有初恋的激动

既然小站到了
干吗还要赠一双讨厌的眼睛
就像我们当初走到一起
就像我们那天相互叮咛
什么也不曾出现
什么也不曾发生
小站到了
是小站总该有新的远行

狐狸

在一个光怪陆离的夜晚
狐狸溜进了我温馨的梦境
它狡猾地扮演成慈善老人
刺探走了我的全部秘密
——只给我留下一份担忧

——只给我留下一份顾虑
当我驾驶着舢板从梦的珊瑚湾
驶来
它已化为一尊雕塑

乌龟

海浪把我追逐到岸上
惊慌失措的我已是魂飞胆破
心脏剧烈跳动
惊飞了崖上过家家的
鸥鸟

软绵绵的沙滩上
蜗牛低垂着眼睑
匆匆爬过
蹑手蹑脚
怕惊醒了我
钻进它的官邸

贝壳在阳光下眨着鬼眼
高傲得令人讨厌
尽管那斑斓的彩裙
很诱人
螺号不知飘向了哪块礁石的背后
那一声声很动听的螺号哟

乌龟晃悠悠地走来
它把那个被海风撕成碎片的梦
捡起
拼成一面面小小的五彩旗

它那陌生的目光
在我的心里吹着阴冷的
风
我惴惴不安地爬上它的
甲板
心中
唯有汽笛声声
不知它是否带着罗盘

孤独

自从门前那棵槐树
被深秋的风无情地扯下
一地枯黄的叶子
她便感到那么
孤独
一辈子没有给他带来孩子们的哭叫
寂寞的　他走了
他说七八十年的最大遗憾事
是孤独
谁家的孩子们又哭了

她心里很凉

两棵树

都不愿离去
真的　这两棵树
不
唯有孤独
花儿寂寞地开放
叶子寂寞地荣枯
任风吹来
任雨打来
倾诉欢乐
倾诉痛苦

于是　它们在旷野站立着
站成两尊雕塑

她和我也如此站立么
站成人生的
两棵树

打开窗子

打开窗子

所有的诱惑都爬了进来
围坐在身边
听讲故事的老头儿一遍遍重复
从前的日子

无数的阳光拖着金色的尾巴
在眼前飞舞
举办声势浩大的舞会
于是便有激动的雨点
打湿我的睫毛
打湿我三月的黑土地

收工的爷爷
从田埂上走来
戴草帽的爷爷
从乡间小路上走来
哼小曲的爷爷们
笑着骂着从雨丝蹒跚的青纱帐里走来
雨沙沙地下
窗外的
白杨叶子害羞地低垂着眼帘
含情脉脉地和我叙昨天的话题

窗子从此不再关闭
让所有的往事通行

轮船

我不知道海风怎样的强悍
我不知道海浪怎样的野蛮
记忆中　唯有你坚强的形象
跳跃在波涛汹涌的
海面

鸥鸟在舷边欢呼
浪花在舷边飞溅
犁开万重碧波
向前
向前

从此　你走遍了湛蓝的海
你赏遍了蔚蓝的天
呵　知道吗
轮船
当你还在襁褓中的时候
造船人的目光已经告别了
岸

我快乐地奔跑在春风里

清晨，我驾驶着送餐车奔跑在管教住区
我快乐地奔跑在春风里
淡蓝色的晨雾簇拥着我
大地上金色霞光洋溢着青春气息

中午，我驾驶着送餐车奔跑在管教住区
我幸福地奔跑在春风里
身边，阳光明媚，桃红柳绿
田间，绿色禾苗写满了生机

傍晚，我驾驶着送餐车奔跑在管教住区
我无怨无悔地奔跑在春风里
晚霞在天际向我投来依依不舍的目光
明亮的灯光下管教住区一派井然有序

周末，我驾驶着送餐车奔跑在管教住区
我潇洒地奔跑在春风里
我用双手把一日三餐送到住区楼下
我用汗水服务假日辛苦值班的民警兄弟

1981 年的春天

1981 年的春天
那时树们草们渐渐萌动一个冬季的梦
我们　十七岁的我们
张望着校园外面的
诱惑
一只只风筝被我们放飞
在 1981 年春天湛蓝的天空

函数　方程　万有引力
枯燥的数据无法拘留年轻的心
任巴尔扎克　普希金　雪莱　莱蒙托夫们
与我们亲切交流　关于
一个人的成长
一个人的爱情
一个人的故事
紫色的梧桐花就在头顶上
热烈地开放
香甜的味道
四处弥漫

一个小女生坐在前排
两只小辫子　向我眨着迷人的眼睛
喂　你懂吗

什么叫做爱情

这是 1981 年的春天

在冀南平原一个普通的小县城

一个小女生搅动了我青春的梦想

谷地

圆圆的往事
被岁月的利齿敲掉了半边
灵魂便被放逐到
荒芜之地
像一个潦倒日子的老头儿
诗之矢终于无法把厚厚的墙射穿
堤岸的柳
扭起笨拙的腰肢
一如十月怀胎的孕妇
舞之美乐之美一起迷途
季节河懒散地躺在黄色的沙岗上
一任泼辣的七月阳光
狂吻
所有的触觉神经瞬间全部瘫痪
宛如一个败北的男人

一扇门寂寞地打开
空屋满目惆怅
坐等放逐的往事重新翻开那本
尘封已久的日历

独白

每天的某一个时辰
我总爱和自己对话
为了表达一种愿望
为了释放一种情绪
没有秋风扫来的日子
叶子常绿
花儿常开
没有思恋的日子
一口口苦涩的是水么
没有追求的时候
候鸟找不着
南方的家
北方的舍
没有家信从远方飘来
心　就是北方的雪原了
再也寻不见回家的羊肠小道
当那时辰走过我的床前
我总会把它久久凝望

我们
毕竟坐谈了许久许久
我们
毕竟有过抹不去的记忆

站台

手　就这么分开了
这可憎可恨的分别
如冬季风如期来临
残酷而又无情

汽笛又在抽泣了
那双眼分明还是那潭湖水
有潋滟的光
有迷人的影
真该有一首曲子　在此时
奏起
飞扬的音符
就漫天飘舞吧
让歌词躲在猩红的幕后
它不敢和我对视
否则　眼泪像雨水般飘洒

还记得吗
那一片红叶好烫脸
一盏盏橘色的灯
一片片缤纷的光

是踩上了哪条小路呢

我们走进了那个玫瑰色的故事
述说着春天和夏天的婚礼
那时　总有几只蝴蝶在身边飞舞
阳光暖融融母爱般宽厚

不知是哪片叶子绿了
还是哪朵花红了
让我们迷进了伊甸园
呵　我们是四季的孩子

春天的站台
在蒙蒙细雨中回忆着
昨晚的絮语

祝福

挥挥手你向远方站台走去
你红色的风衣消失在淡蓝色的雾里
车轮轻轻地晃动
眼前飘洒着蒙蒙细雨
就这么走了
和他走到一起

于是　风那么温柔
阳光那么甜蜜
白兰鸽和你们谈呀谈
那么多缤纷的记忆
琼瑶的那本小说也该羡慕你们
是谁说
垂柳染绿湖面的时候
为你们举行玫瑰色的婚礼

还是那架风车

这吱吱响的，还是
那架风车吗
在正月的北国风里
你乐悠悠地转着
那彩色的轮
一片彩色的记忆
是你吗
穿过长长的青砖胡同
吱吱地响着，迷恋着
我步履蹒跚的童年
妈妈那醉了三月的笑脸
呵，呵
你这小小风车
怎么让我流下了泪水
还是当年那个嘎小子呀
还是那个爱逛庙会的孩子

和一座屋子的对话

许多日子里我和你陌生相处
许多日子里我和你少言寡语
许多日子里我们没有互致问候
许多日子里我们没有走进对方的心里
呵　为什么在我回首的时刻
你却把我紧紧拥抱
俨若一对情侣

斜阳洒满你面颊的时候
我将告别你远去
风景在窗外窥视的时候
我将对你留下分手的话语
无论在天涯在海角
我曾停泊在你的港湾
风吹来时浪涌来时
和我紧紧相依相偎的　是你

呵　你冬天的温暖呢
你春天的柔情呢
你夏天的热烈呢
你秋天的洒脱呢
一切都和你告别了
唯有我久久不肯转过身去

知道吗

我深深眷恋昨夜温柔的灯光

我深深眷恋昨夜回荡在四壁的话语

我无法拒绝你多情的往昔岁月

我走不出你短暂的四季

季节河

干涸的岁月里
你瘦弱的身躯
躺在黄沙的床上
任干涩的风用无情的鞭子
抽打
没有眼泪
唯有麻木陪伴着
度过痛苦的日子
两岸，寂寞如洪荒
这一天，你在一声炸雷中
醒来
惺忪的眼里漩涡轻唱着
向东方大海走去
绿色的屏风
拉起一首生命的赞歌
一如说书人的口舌
津津有味，有声有色
帆影点点有歌声飘过对岸
声声敲打着岸边浣衣女的心
季节河便这多风流，这多情趣

雨天

雨天　我再也不能去广场了
雨天　我们再也不能约会了
我把白皙的脸庞贴在冷飕飕的玻璃上
我把过去的一段段故事摆在面前翻来捡去
我把自己的心情抖出来给大伙儿看
我把自己的秘密曝光
我总是想起雨天街上走来的那一个人影
那条泥泞的街上走着我的母亲
我的母亲你是为我们奔波的呀
我流泪的双眼总想把那个身影看清

雨天　我们心情也不再晴了
雨天　我们最害怕了
那个耀眼的太阳呢
太阳　你是生我们的气了吧
我总是想牵起你的那只手
我想起它放在我的胸口上很痴情
想起我的日子里你还会来吗
我望着雨脚想了许久许久

今天有雨明天有雨后天还有雨
有雨的日子里我总是想起你
你还会撑一把花纸伞走来吗
花纸伞一直撑到咱们的家

后记

用脚步追寻字里行间的诗意

2016年的秋天，是中国工农红军长征胜利80周年。中国作家协会分批组织作家、诗人沿着四支红军主力部队的长征足迹，追寻当年红军战士为理想而战的英雄壮举。沿着红二十五军长征路线，一场采风活动下来，就有了组诗《那场风雪，那场雨，那些阳光》。这组诗歌被《人民日报》选发了两首，《民族文学》等几家报刊刊发了完整的组诗，后被收录作家出版社出版的《红色记忆——中国作家2016年重走长征路作品集》。

我重走长征路的路线，是当年从鄂豫皖苏区撤出的一支主力红军部队——红二十五军走过的长征路。1934年11月16日，在河南省罗山县何家冲何氏宗祠门前一棵大银杏树下，红二十五军集结队伍准备从这里出发，军首长徐海东含着热泪向乡亲们作别。几年来，红军官兵与乡亲们结下了深厚的革命情谊，百姓们不舍得红军离开；红军官兵也熟悉脚下的这片土地，也热爱这里的父老乡亲。但是战争形势发展已经不允许他们继续留在鄂豫皖苏区，他们要跳出国民党军队的重重包围，开始更加艰苦卓绝的新征程。看着展馆里一件件实物和墙上的一幅幅挂图，于是在我的脑海里诞生了《何家冲的雨》。

红二十五军官兵是在军首长徐海东、吴焕先和程子华的带领下，从罗山县踏上战略转移征程的。红二十五军战略转移伊始，来到豫西方城县便迎来了一场恶战，即：独树镇战斗。当时，正值严冬季节，红军官兵身着单衣，饥寒交迫，一场风雪交加的恶劣天气不期而至。战斗打响后，红二十五军先头部队在泥泞的战场上与敌人拼死搏杀，处于胶着状态。危急时刻，军政委吴焕先从警卫员身上抽出一把大刀，大吼一声：“共产党员跟我来！”他勇敢地冲在队伍前面，带领年轻的红军战士终于杀开了一条血路，越过平汉铁路，挺进伏牛山区。站在红二十五军指挥部遗址前，80年前的场景仿佛历历在目，于是《独树镇的雪》在我的脑海中渐渐浮出。

追寻着红二十五军的脚步，出河南，翻过秦岭，来到甘肃泾川县。在大西北黄土高坡当年战场遗址上，我们一行人凭吊红军先烈，感受红军将士豪迈气概。因为，在这里的一场战斗中，能征善战、能文能武的军政委吴焕先，在战略转移目标即将完成的前夜，永远地倒在了这片黄土高坡上。几年来，是他历尽千难万苦在鄂豫皖苏区，拉起了这支工农红军队伍，并在一场又一场战斗中，带领红二十五军在弥漫的硝烟中茁壮成长。回首战斗岁月，不少恶仗、硬仗都是在吴焕先的指挥下转败为胜的。每次战斗中，只要有吴焕先在队伍中，红军官兵就力量倍增；听到吴焕先的号令，这支队伍就会迸发出无穷的力量。今天，走进四坡村，依然让人生发无限感慨。迎着黄土高坡上的大风走去，一阵阵风声在耳畔呼啸，沙粒打在脸上生疼。此刻，仿佛我又走进了枪声、厮杀声激烈的昨天，一首《四坡村山坡上的风》走进了我的视野。

中央红军抵达陕北后，队伍只剩下3000余人，人困马乏，经费拮据，生活困难。正值冬日，陕北天寒地冻，中央红军官兵各个身着单衣，难以御寒，非战斗减员日渐增多。为解燃眉之急，毛泽东主席特写借条给徐海东：“海东同志，你好！因部队过冬吃、穿出现困难，特向你借款2500大洋。毛泽东。”徐海东闻讯后，立即从全部家当中筹款5000大洋，连同部队刚刚缴获的武器，一并派人送到军委总部。毛泽东主席若干年后依然不忘徐海东的大局观念，常常感慨地说：

"在陕北最困难的时候，还多亏了海东同志借给我的5000大洋啊，那5000大洋可是为革命帮了大忙了！"当年，红十五军团（红二十五军到达陕北后，与当地红军改编后的番号）为了欢迎中央红军的到来，举办了一场声势浩大的联欢活动。一件往事浮动在眼前，我真切地看到了《瓦窑堡的阳光》，那是明亮的阳光，那是充满暖意的阳光。

在北京丰台区作协组织的采风活动中，当一行人走进长辛店的时候，工人夜校、机车车辆厂、赴法勤工俭学预备班旧址、京汉铁路大罢工集结地火神庙等一处处历史遗迹，一件件历史文物，仿佛都在向每一个来访者，默默地诉说着那段风起云涌的历史。我们一行人追寻他们的战斗足迹，缅怀他们的丰功伟业，就是要把他们的崇高精神发扬光大，让一代又一代人传承下去。因此，我们有义务用笔记录下那一个个难忘的场景，那可歌可泣的光辉历史。于是，《在长辛店，我听到来自历史深处的那一阵阵呐喊》在采风活动结束不久，很快就定稿了。

多年来，我一直秉承写实主义风格，努力在火热的生活中寻找诗句，坚持用脚步追寻字里行间的诗意，尤其把歌唱英雄、赞美英雄作为一个诗歌写作者的追求。不作无病呻吟，不搞雾里看花，努力追求生活的真善美、挖掘生活的真善美、反映生活的真善美，让诗句化作一缕阳光，照亮生活，温暖人间。

感谢中宣锐洋（北京）国际广告有限公司对传播红色文化的大力支持，使得在诗歌出版低迷的今天，让这本小册子得以面世。

马克

二〇二三年仲夏

图书在版编目（CIP）数据

风吹麦浪 / 马克著 . -- 北京 : 民族出版社 , 2023.8

ISBN 978-7-105-17057-9

Ⅰ . ①风… Ⅱ . ①马… Ⅲ . ①诗集－中国－当代 Ⅳ . ① I227

中国国家版本馆 CIP 数据核字 (2023) 第 155555 号

风吹麦浪

策划编辑：马少楠
责任编辑：马少楠
封面设计：金　晔
出版发行：民族出版社
地　　址：北京市东城区和平里北街 14 号
邮　　编：100013
电　　话：010–64228001（汉文编辑二室）
　　　　　010–64224782（发行部）
网　　址：http://www.mzpub.com
印　　刷：北京盛通印刷股份有限公司
经　　销：各地新华书店
版　　次：2023 年 9 月第 1 版　2023 年 9 月北京第 1 次印刷
开　　本：640 毫米 ×960 毫米　1/16
字　　数：160 千字
印　　张：12.75
定　　价：68.00 元
书　　号：ISBN 978–7–105–17057–9/I・3223（汉 2928）